C000193291

1

René VISQUIS

Elsie's Peak

Roman

PREFACE

L'action de ce roman se situe, à son début, dans la Russie de l'après Pérestroïka, où la déliquescence de l'autorité de l'État, suite au coup d'État de Boris Eltsine en 1993 et à sa gouvernance déplorable sur fond d'une crise économique sans précédent, est à son comble.

La guerre d'Afghanistan, menée dans des conditions désastreuses et la retraite pitoyable de l'Armée Rouge en 1988, a sûrement été un élément déclencheur de premier plan dans tous ces bouleversements.

Les personnages principaux sont donc, dans ce contexte où les valeurs morales d'un pays s'effondrent, en proie à des comportements qu'ils n'auraient pas eus dans une époque moins troublée.

L'épopée de ce sous-marin qui doit partir d'un port de la Mer de Barents pour rejoindre l'Amérique du sud en passant par la Manche est semée d'embûches, entraînant l'ensemble des personnages dans des situations périlleuses.

Tous les personnages de ce roman sont fictifs et toute ressemblance avec des personnages existant ou ayant existé est purement fortuite.

1

Severomorsk (Oblast de Mourmansk), lundi 4 décembre 2000

Dans cet après-midi de décembre, l'Amiral Sergueï Nikolaïevitch Klykov était pensif. Le front collé sur la vitre froide de la fenêtre de son bureau, il regardait la neige tomber sur la base de Severomorsk. Il pouvait voir, bien illuminée grâce aux puissants projecteurs perchés sur la corniche des toits qui éclairaient la nuit arctique, la statue d'Apollon Nadya, élevée à la gloire des marins soviétiques et un peu plus loin, les nombreux navires de la Flotte du Nord, amarrés à couple aux quais enneigés.

De lourds flocons, poussés par un vent d'ouest qui apportait depuis la fin de la matinée de gros nuages noirs venus de la Mer de Barents, s'accumulaient sur le sol gelé. La couche de neige glacée, déjà épaisse en raison des premières chutes qui avaient commencé tôt cette année, à son retour de quelques jours de vacances en octobre, recouvrait les chaussées et les bâtiments de la base navale de Severomorsk, à quinze kilomètres au nord de Mourmansk. Les moins douze degrés affichés sur son thermomètre extérieur, habituels à cette période de l'année, transformaient immédiatement en glace toutes les précipitations. De temps à autre, un chasse-neige passait, ses phares allumés, poussant devant lui de grosses congères qu'il se contentait de déverser à la mer. Fini le temps où les équipes de nettoyages travaillaient jour et nuit pour que toutes les voies soient impeccables.

Il passa dans le cabinet de toilette attenant pour boire un verre d'eau et s'arrêta devant le miroir qui lui renvoyait l'image d'un jeune sexagénaire. En effet, grâce à la pratique régulière du sport, surtout natation et course de fond, il avait pu se maintenir en forme. Malgré ses cheveux poivre et sel et un début de calvitie frontale, il faisait encore jeune. Nombre de ses amis enviaient sa démarche souple et son allure décidée.

Avec quinze centimètres de plus, il aurait pu encore être sélectionné dans un casting hollywoodien. De fait, il faisait dix ans de moins que son âge.

Il s'assit à son bureau, que seule une lampe de style industriel éclairait. Il aimait bien cet éclairage focalisé qui lui permettait de ne pas voir les autres meubles métalliques, tristes et déprimants qui équipaient la plupart des bureaux des administrations soviétiques.

Il se bascula en arrière dans son fauteuil, qu'il s'était payé lui même, tant était inconfortable celui qu'il avait trouvé à sa nomination à ce poste ; puis, ses dix doigts aboutés, il ferma les yeux pour mieux réfléchir.

Nommé à l'État-major de la Flotte du Nord depuis deux ans, il commandait la base des sous-marins de Severomorsk.

Il ne pouvait s'empêcher de se rappeler les bons souvenirs de sa première affectation où, frais émoulu de l'École navale militaire supérieure Frounze de Leningrad, il était arrivé en 1962 auréolé de sa place de major de promotion. Grâce à ce succès il avait pu choisir d'être affecté dans les sous-marins, le choix de l'élite dans toutes les Marines.

Sa carrière par la suite s'était déroulée dans les meilleures conditions possibles compte tenu de son peu d'engagement politique. Certes, s'il avait montré plus de zèle auprès des zampolits, ces commissaires politiques omniprésents, il aurait pu alors avoir un avancement plus rapide et gagner son étoile de Contre amiral quelques années plus tôt.

Mais ses capacités de commandement, d'organisation et ses compétences techniques avaient largement suppléées ce défaut d'engagement dans le Parti. Elles lui avaient permis de se faire apprécier par ses supérieurs qui avaient toujours favorisé son avancement.

À deux ans de sa retraite, s'il regrettait de quitter ce milieu des sous-mariniers qui lui avait tant apporté, par contre, les difficultés que rencontrait la marine russe depuis plusieurs années avaient facilités sa décision. Si les conditions des années 80 avaient pu être à nouveau réunies, il serait certainement resté encore quelques années de plus. Mais de voir se dégrader ce bel outil qu'il avait contribué à forger, lui ôtait toute envie de rester dans ce

« bordel » qu'était devenue l'armée russe dans son ensemble.

Même avant ce samedi 2 décembre où il avait reçu à son domicile un mystérieux coup de téléphone d'un homme se faisant appeler Ossip, sa décision de mettre un terme à sa carrière était déjà prise. D'autant qu'il avait pu savoir qu'un nouveau plan de réduction des effectifs, prévu dans les deux ans à venir, ne l'épargnerait vraisemblablement pas.

Il jeta un coup d'œil à sa montre, sa belle montre Vostok « Komandirskije » dont le cadran était orné d'un sous-marin, que lui avait offert Macha pour leur mariage. Il y tenait beaucoup car c'était le seul cadeau d'elle qu'il continuait à porter.

Il était temps qu'il regagne son petit appartement de fonction qu'il avait à sa disposition pendant ses séjours sur la base. La rue Safonova n'était pas très loin et souvent il y allait à pied mais, compte tenu du mauvais temps, il préféra prendre sa voiture. Il ferma son bureau à clef et descendit, négligeant l'ascenseur, les quatre étages allègrement, puis monta à l'arrière de la Zil dans laquelle Kotia, son chauffeur, l'attendait.

Chemin faisant, il repensa à cet entretien qu'il avait eu à Saint-Pétersbourg avec cet homme, le samedi 9 décembre, date qu'il n'oublierait pas de si tôt !

Le rendez-vous avait été fixé au coin de Mikhaïlovskaïa et de Nevski, tout près du Grand Hôtel Europe dans lequel il n'était entré qu'une seule fois lors d'une réception officielle offerte par le Ministre de la Marine et le Politburo. En effet, même avec un traitement mensuel de deux cent mille roubles (1) qui le plaçait en haut de l'échelle des revenus des fonctionnaires, il ne pouvait se permettre de dépenser pour un repas au moins dix mille roubles !

Pour être plus discret, il avait préféré venir en civil, coiffé d'une chapka fantaisie comme celle que les touristes achètent pour faire couleur locale. Arrivé quelques minutes avant l'heure du rendez-vous fixé à 16 heures, car il avait horreur de faire attendre, il fut accosté par un gros balèze, chaudement vêtu, coiffé d'une chapka de loutre au-dessous de laquelle il imaginait un crane rasé.

— Bonsoir Amiral, je m'appelle Ossip : je vous prie de me suivre s'il vous plaît, lui demanda-t-il obséquieusement.

Sergueï, sans mot dire, lui emboîta le pas et monta à l'arrière d'un gros 4x4 Mercedes noir aux vitres teintées. Ossip aboya « Davaï » au chauffeur qui démarra aussitôt.

Le puissant véhicule s'était rapidement dirigé vers les quais de la Neva se faufilant dans le trafic déjà dense de ce samedi soir, qui ralentissait passablement tous les véhicules.

Sergueï profita de ce laps de temps silencieux, pour observer son « hôte ».

Sa masse était impressionnante : il devait faire au moins un mètre quatre vingt dix et peser cent vingt kilos !

C'était le genre d'individu qu'il valait mieux avoir comme ami, car entre ses mains comme des battoirs, la vie ne devait pas peser lourd ! Une petite croix était tatouée sur son auriculaire gauche, signe distinctif d'appartenance à la « Mafiya ». Il devait certainement en avoir sur tout le corps. Sergueï pensa que c'était sûrement un ancien « spetsnaz », un commando reconverti dans la protection rapprochée.

Son gros pardessus en loden noir était de bonne coupe et dénotait une certaine aisance financière. Son visage rond et bouffi en disait long sur ses habitudes alimentaires et son attrait marqué pour l'alcool. Comme il avait enlevé sa chapka, son crâne rasé, comme l'avait pensé Sergueï, montrait de nombreuses cicatrices…

Le chauffeur, dont il ne voyait que la nuque épaisse, était du même acabit.

La grosse voiture se gara au bord du trottoir du quai de Dvortsovaya, en face de l'Ermitage, en faisant crisser la neige glacée sous ses larges pneus.

L'endroit était presque désert car, à cette heure, les rares passants pressaient le pas pour rentrer se mettre au chaud. Ossip qui avait fermé la vitre de séparation d'avec le chauffeur, ouvrit le bar dissimulé dans une console aménagée en petit réfrigérateur entre les sièges avant et proposa un verre de « Poutinka », la vodka qui était à la mode. Le balèze fit rapidement cul-sec, tandis que Sergueï ne but qu'une petite gorgée. Il préférait garder les idées claires.

La discussion s'était engagée par des banalités sur le temps, le froid et la neige précoces, les difficultés économiques (qui ne semblaient pas le concerner, pensa Sergueï !) pour rapidement s'orienter sur le vrai motif de la rencontre.

— Amiral, si vous êtes ici, c'est que nous vous connaissons bien.

— Ah ! Bon ? Répondit-il, interloqué.

Et Ossip de décrire avec précision à Sergueï, qui n'en croyait pas ses oreilles, ses conditions de vie, le montant de ses revenus, de logement, de perspectives d'avenir.

Il était étonné de tout ce que cet homme savait sur lui et n'étaient les conditions confortables de leur entretien, il aurait pu penser être tombé dans les pattes du FSB ou du GRU. (2)

Après quelques minutes, durant lesquelles il se demanda où l'autre voulait en venir, la proposition arriva d'un coup, lapidaire et l'aurait fait vaciller s'il avait été debout !

— Notre Organisation, commença Ossip, désire utiliser un sous-marin avec son équipage pour transporter de la cocaïne entre l'Amérique du Sud et l'Europe.

Nous avons pensé que vous étiez le mieux placé pour effectuer cette opération.

En effet, comme l'achat officiel d'un bâtiment de la flotte russe est impossible à réaliser discrètement, la solution qui s'est imposée à nous est de s'en emparer, avec votre aide, bien entendu.

Il marqua une pause dont l'Amiral, qui s'était un peu tassé sur son siège, profita pour se ressaisir.

— Bien entendu, reprit-il, ce service sera largement rétribué et les sommes qui vous seront versées seront proportionnelles au risque que vous prendrez pour mener cette opération. Nous vous offrons dix millions de dollars, qui vous serviront à payer tous les frais pour cette première opération et vous laisseront un bon bénéfice.

Un silence qui lui parut interminable s'installa. Sergueï aurait eu besoin de plusieurs verres de vodka pour lui dénouer la gorge qu'il sentait serrée et presque douloureuse comme lors d'une angine.

« Dix millions de dollars » pensât-il.....Il avait de la peine à imaginer ce que représentait une telle somme, surtout convertie en roubles !

*

Durant la semaine qui avait précédé ce mystérieux entretien, il avait tout imaginé sauf être impliqué dans le narcotrafic.

Par exemple, mettre ses compétences à commander une grosse usine privatisée, comme cela avait déjà été proposé à d'anciens officiers supérieurs, ou bien grâce à ses relations, faire du « lobbying » pour favoriser l'obtention de certains marchés... Mais de là à aller, car même si le mot était faible par rapport avec l'énormité de l'acte, voler un sous-marin à la Russie, sa Patrie, pour se livrer à un transport hautement criminel, le laissait perplexe.

Ossip rompit le silence :

— Tous les détails pratiques sont réglés : versement cash de cinq cent mille dollars pour les premiers frais, faux passeports pour vous, votre famille, les membres de l'équipage et leur famille, possibilité de rester dans le pays de votre choix. Par la suite, versement du solde sur des comptes numérotés dans des banques sûres.

Tout tourbillonnait dans la tête de Serguéï : il lui fallait reprendre ses esprits. Son expérience d'officier l'avait habitué cependant à réagir rapidement dans des situations imprévues.

— De combien de temps puis-je disposer pour réfléchir à votre proposition ?

— Nous pensons, répondit Ossip, qu'une semaine est suffisante pour nous donner votre réponse. Il va

12

sans dire que nous l'espérons positive car si cette opération ne devait pas se faire avec vous, toute indiscrétion vous serait fatale ainsi qu'à votre famille.

— Dès que nous aurons votre accord, vous aurez quinze jours pour nous présenter un plan d'action. Nous vous laisserons décider de la date du départ, mais nous souhaitons ne pas perdre de temps et nous apprécierions que tout soit terminé en mars prochain : d'accord ?

Sergueï, la gorge encore nouée se contenta d'acquiescer d'un signe de tête. Il avait bien compris, tout compris…

Ossip, visiblement soulagé, répondit aussitôt :

— Eh bien, dans ce cas, Amiral, nous nous reverrons à la même heure, au même endroit dans une semaine. Puis-je vous déposer à Petrogradskaya, Amiral ?

— Non merci. Je préfère rentrer chez moi à pied, ce n'est pas très loin.

En effet, il avait besoin de marcher pour se remettre de son émotion et de commencer à réfléchir.

Ossip se pencha alors vers lui avec un grand sourire jovial, lui tendant la main avec une carte de visite en lui disant :

— A très bientôt, Amiral. Si vous avez des questions n'hésitez pas à m'appeler.

— A bientôt, Monsieur, répondit machinalement Sergueï.

Il se retrouva sur le trottoir tandis que la voiture démarrait rapidement en direction de Suvorovskaya. Dans la lumière des lampadaires, il vit une fumée blanche de condensation tournoyant dans son sillage.

L'air frais lui fit du bien et il resta un moment accoudé au parapet duquel il voyait la Neva gelée, jonchée de bouteilles de bière et de vodka qu'il distinguait dans la pénombre sur la glace blanchâtre. Il reprit sa marche vers le pont Dvortsovaya qui rejoignait le quartier de Birzha. Sur le pont Birzhevoy il s'arrêta à nouveau au-dessus de l'eau gelée. Ses pensées se bousculaient dans sa tête.

« Quand même, s'emparer d'un sous-marin. !! » Il imaginait les conséquences. « Lui, Amiral de la flotte russe devenir un vulgaire voleur, un renégat! »

Il lui revint en mémoire, l'affaire de cet ancien officier de la Marine ayant rejoint la fondation Bellona (3) qui décrivait avec précision les dégâts environnementaux dus à l'abandon des sous-marins nucléaires de la Flotte du Nord. Alexandre Nikitine fut incarcéré et accusé de Haute trahison en 1996 et envoyé au goulag où il disparut.

C'est ce qui le guettait si le projet était éventé.

Il mit plus d'une heure pour rejoindre son appartement dans la rue Kropotkina, non loin du parc Alexandrovski et de la forteresse Pierre et Paul.

Cette marche dans le froid de la nuit lui avait permis d'y voir un peu plus clair.

Cela lui rappelait aussi l'aventure de son grand-oncle l'Amiral Klykov qui, en décembre 1920, avait quitté Sébastopol avec toute la flotte russe de la mer Noire pour ne pas tomber aux mains des Rouges. Avec cent vingt six navires de tous les tonnages ils avaient trouvé refuge en Tunisie, à la base navale de Bizerte, le 22 décembre 1920 où un millier d'officiers russes et les quatre mille hommes, officiers mariniers et matelots, ainsi que leurs familles, devaient y rester, pour la plus part, encore quelques années (4).

2

Afghanistan, le 14 février 1989

La colonne de tanks roulait à vive allure en direction de Mazâr-i-Charif, au nord du pays près de la frontière avec l'Ouzbékistan.

Les pluies récentes qui avaient depuis peu succédé à la neige, avaient transformé en bourbier cette route qui n'était le plus souvent qu'une piste de terre battue pleine de profondes ornières où, de temps à autres, apparaissaient des plaques de bitume, témoins d'un ancien revêtement mis à mal par la guerre qui faisait rage depuis si longtemps.

A quarante cinq kilomètres à l'heure, les chenilles soulevaient une épaisse bouillasse, rendant la visibilité difficile et obligeant les conducteurs à respecter une distance de sécurité d'une centaine de mètres. Comme le périscope devenait rapidement opaque, les conducteurs roulaient l'écoutille ouverte. Toutes les deux ou trois minutes, ils devaient cependant nettoyer leurs lunettes qui se recouvraient rapidement d'une fine pellicule de boue.

C'était une des dernières colonnes de blindés qui participaient au retrait définitif des troupes soviétiques d'Afghanistan. Celui-ci avait commencé il y avait plus de quatre mois et au fur et à mesure que le temps passait, pour les soldats, la hâte de quitter ce maudit pays grandissait.

Le lieutenant Boris Sergueievitch Klykov, à l'arrière de la colonne dans le dernier T 56, surveillait la bonne marche de son convoi qui s'étirait devant lui. Ils approchaient de Mazâr-i-Charif et de loin, il pouvait voir les gros Antonov 225 décoller de l'aéroport remportant leur cargaison de matériel et d'hommes épuisés.

Dans deux heures environ, ce serait à leur tour d'être en sécurité. Seule une cinquantaine de kilomètres les séparaient du pont de l'Amitié qui franchit l'Amour, le fleuve qui sert de frontière avec l'Ouzbékistan. Arrivés à Termez, ils pourraient enfin souffler et ne plus craindre pour leur vie.

« Pourvu que tout se passe bien » se força-t-il à penser, chassant le mauvais pressentiment qu'il avait depuis quelques jours.

Ce serait pour eux le point final à cette sale guerre au cours de laquelle plus de quinze mille de leurs camarades avaient laissé leur vie.

Ils avaient dépassé le défilé de Kholm et la route s'élargissait dans la plaine.

Déjà les premiers tanks de la colonne devaient avoir tourné à droite pour prendre la route d'Hairatan qui menait à Termez.

Bien protégé du froid par son casque de cuir noir rembourré de tankiste et ses lunettes de protection, Boris regardait par l'écoutille gauche de la tourelle à demi ouverte, le paysage morne qui défilait sous ses yeux. Aux moignons touffus d'herbes qui égayaient, tant bien que mal les amas de roches rougeâtres et noires qu'ils avaient longés dans la matinée, avait succédé un paysage plus verdoyant de basses collines ou de temps à autre, la tache blanche d'une ferme attirait le regard. Quelques troupeaux de chèvres et de moutons, gardés par des enfants, paissaient çà et là.

Bercé par le grondement du moteur assourdi par les écouteurs de son casque, il était plongé dans ses pensées : dans peu de temps il allait être enfin délivré de ce cauchemar qui empirait maintenant depuis six mois, date du retour de sa dernière permission. Six mois de calvaire où il avait vu des dizaines de camarades morts, tués par ces moudjahiddines qui menaient une guérilla avec l'énergie du désespoir ; combien d'escarmouches, d'attaques en embuscade, avaient-ils subi !

La terreur régnait dans les deux camps et personne ne faisait de quartier. Lorsqu'une escouade de chars partait à l'attaque d'un village c'était pour le réduire en cendres, femmes, enfants, vieillards compris ; aussi, quand une unité russe était prise au piège dans un des nombreux défilés que comptait ce pays montagneux, bien peu avaient une chance d'en réchapper vivant. D'ailleurs, il valait mieux être tué que fait prisonnier car les combattants afghans se montraient d'une cruauté inimaginable en cette fin de siècle : émasculations, amputations à vif, finissaient toujours par l'égorgement. C'était leur façon de se venger des terribles bombardements aveugles au napalm des villages de la montagne, qui décimaient les populations.

Les trois semaines de permission, en août, lui avaient permis de reprendre son souffle.

À Leningrad, son père et sa mère et surtout Tatiana, cette belle blonde aux yeux gris bleu qu'il avait épousée, sa Tania chérie, s'étaient montrés débordants d'affection. Malgré la touffeur de cette fin d'été, ce séjour dans sa famille l'avait ramené à une vision de la vie plus optimiste. Depuis leurs longues promenades au bord de la Moïka et des autres canaux, ces balades en mer dans le golfe de Finlande, ces nuits d'amour dans la datcha familiale au bord du lac Ladoga où leurs deux corps s'épuisaient de plaisir, jamais la vie ne lui avait paru plus belle et plus intense. Depuis leur mariage en juillet 1987 et leur court voyage de noces en Crimée, Tania et lui n'avaient pas eu de tels moments de bonheur.

En effet, dès sa sortie de l'école d'application des blindés, il avait eu huit jours de permission pour se marier. Il avait dû ensuite rejoindre rapidement son régiment à Koursk et s'était retrouvé à Kaboul en février 1988. L'hiver avait été rude. Non pas tant à cause du climat car il était habitué au froid, mais en quelques semaines il avait été plongé dans cette guerre dont peu de soldats comprenaient le sens. Les opérations se succédaient et les rares périodes passées au repos dans les casernes de la banlieue de Kaboul n'arrivaient pas à lui faire oublier sa fatigue et surtout sa peur, car c'était bien de peur, cette peur incessante qui ne vous quitte jamais, dont il fallait parler.

Après avoir connu une période de succès militaires, l'armée soviétique se heurtait depuis deux ans environ à une résistance acharnée des moudjahiddines dont l'armement fourni par la C.I.A faisait des ravages considérables dans ses rangs. Les missiles sol-air Sting abattaient régulièrement les hélicoptères et les tanks étaient la cible facile des missiles sol-sol Militech. Chaque opération nécessitait l'emploi de moyens de plus en plus importants et malgré cela, l'état-major n'avait plus l'initiative des combats. Il en était réduit à assurer une sécurité toute relative des grandes voies de communication. Ses rares séjours à Kaboul où il avait eu l'occasion de se mêler au peuple afghan, lui avaient prouvé à quel point ils étaient honnis.

C'est au cours d'une de ces rares périodes dites de repos, en novembre, qu'il avait reçu la lettre de Tania lui annonçant qu'elle était enceinte. Son cœur avait bondi de joie et il avait tout de suite essayé de la joindre au téléphone. Après plusieurs heures d'attente, il avait fini par lui dire quelques mots pour lui faire savoir son bonheur. La communication avait été coupée et c'est les larmes aux yeux qu'il était sorti de la cabine. Depuis il écrivait sans cesse, lui disant son espoir de la retrouver pour la naissance du bébé qui devait avoir lieu au mois de mai prochain.

Le bruit courait que cette sale guerre allait bientôt se terminer et il espérait qu'au printemps il pourrait avoir une affectation dans l'état-major à Moscou où son beau-père, le valeureux général Serpiline, avait conservé de bonnes relations.

La vie reprendrait alors son cours normal : c'est cette perspective qui lui permettait de tenir le coup.

Ils étaient maintenant à environ quarante kilomètres de Termez et la route traversait un petit hameau que Boris identifia sur la carte comme étant Ne'ababad, fait de masures délabrées pour la plupart, témoignant de la ruine de ce pays qui avait subi dix ans de guerre.

Il fût tiré de ses pensées par un grésillement dans ses écouteurs et de la voix hachée, celle du sergent-chef Ivachov :

— Mon lieut....ant.....approch....... Hairat..

— Reçu mais pas clair. Continuez. Me prévenir si problème. Confirmez réception.

— Confirmez réception, répétât-il deux fois puis une troisième, n'obtenant toujours pas de réponse.

La radio faisait encore des siennes : il était temps de réviser ces vieux T54 et vraisemblablement de les mettre à la casse pour le plus grand nombre d'entre eux.

Tout à coup le puissant et sourd vrombissement des 650 chevaux du moteur diesel de son char, se transforma en un miaulement de plus en plus aigu du moteur emballé. Aussitôt le conducteur décéléra et se mis au point mort et arrêta son engin; puis, il enclencha la première pour redémarrer mais aussitôt le miaulement réapparu. Il s'adressa par la radio du bord à son lieutenant : Boris lui ordonna d'essayer de rouler lentement, le tank se remit péniblement en marche, fit quelques mètres puis s'immobilisa définitivement : la transmission avait lâché.

Boris appela aussitôt par radio le sergent-chef Ivachov qui menait le convoi : pas de réponse ; il réitéra son appel plusieurs fois sans succès. Au loin, la silhouette du dernier tank devant lui avait déjà disparue.

« Saloperie de radio ! » jura-t-il, en reposant violement le combiné sur son socle.

Il descendit dans le poste de combat et ferma l'écoutille. Son regard croisa celui des trois autres membres d'équipage dont l'anxiété se lisait déjà sur leur visage. Il pensa bien tirer un obus vers l'avant pour attirer l'attention de ses camarades mais maintenant la distance était trop grande.

Un lourd silence s'installa. Il souleva prudemment l'écoutille gauche pour apprécier la situation qu'il pressentait critique et essaya de réfléchir aussi posément que possible.

La colonne arriverait à Hairatan dans vingt à trente minutes et ce n'est qu'à ce moment-là qu'Ivacheff s'apercevrait que le dernier tank manquait. Le temps qu'il fasse demi-tour et revienne sur ses pas, il fallait compter environ une heure: une bonne heure, au moins, à tenir dans cet endroit peu rassurant.

Des quelques masures commencèrent à sortir des femmes en burka, des enfants collés dans leurs jambes ; pour le moment pas d'homme et tout le monde restait à distance respectable.

Igor, le conducteur, avait ouvert le capot du moteur dans le compartiment arrière, et essayait de voir s'il pouvait faire quelque chose pour réparer ce foutu engin. Le chargeur et le tireur restaient silencieux et la sueur commençait à perler sur leur front, dessinant des rigoles claires sur leur peau crasseuse. Boris avait la bouche sèche et se demandait ce qui allait leur advenir. Pour remonter le moral de ses hommes, il leur affirma qu'en ce moment même leurs camarades commençaient à faire demi-tour pour revenir les chercher. Boris demanda à Ivan s'il pensait pouvoir réparer.

— Rien à faire, mon lieutenant, c'est l'embrayage qui est mort !

— Boris fit la grimace : les choses tournaient mal.

Il prit dans son caisson une bouteille de vodka, but une gorgée au goulot et la fit circuler. Dehors, les enfants enhardis commençaient à se rapprocher du char.

Amid, réveillé par le passage de la colonne de blindés avait vu, de la fenêtre de sa chambre, le dernier tank s'arrêter dans le hameau, juste devant sa maison. Il s'était aussitôt couché sur le plancher pensant être à l'abri au cas où les Russes ouvriraient le feu, comme cela était déjà arrivé dans d'autres villages. N'entendant rien, il risqua un œil et vit que le char était arrêté, silencieux; de l'autre côté de la rue, un groupe de femmes et d'enfants regardaient la scène. Il passa dans la cuisine, déplaça une petite armoire qui cachait un trou dans le mur que son père avait creusé deux ans auparavant avant de partir pour les montagnes où il devait trouver la mort lors d'un bombardement quelques temps après, brûlé vif par une roquette au napalm.

Dans cette cachette, il trouva un pistolet, des balles ainsi qu'une grenade quadrillée, d'origine russe sûrement. Il la glissa dans la poche de son pantalon bouffant et se cacha dans l'embrasure de la porte.

Ses yeux noirs épiaient les faits et gestes de l'officier qui surveillait par l'écoutille de la tourelle les spectateurs sur le côté gauche de la rue. Quand celui-ci disparut à l'intérieur, aussitôt il se jeta à plat ventre et rampa jusqu'aux chenilles. A cet endroit, l'officier pour le voir aurait dû sortir presque entièrement. Tout était calme sauf le bruit métallique d'outils qui venait de l'intérieur du tank. Il continua à ramper silencieusement vers l'avant du char où il avait observé qu'il y avait une ouverture. Il savait, pour l'avoir vu sur une épave calcinée, que ce trou communiquait avec l'habitacle. De sa main tremblante, il dégoupilla la grenade comme il l'avait vu faire, compta jusqu'à cinq et la jeta par l'écoutille. Il se leva d'un bond et rejoignit le groupe de femmes en leur criant de s'éloigner.

Au même moment où le pilote se relevait en sueur, Boris entendit un bruit métallique venant de l'avant. Dans la pénombre de l'habitacle, il aperçut avec effroi une grenade qui avait été jetée par l'écoutille qu'Ivan avait oublié de verrouiller.

Quelques secondes plus tard, elle éclata, incendiant aussitôt l'intérieur de l'habitacle ; il se rua sur l'écoutille de la tourelle, mais une douleur vive au bas des reins l'empêcha de sortir. Les flammes avaient attaqué les combinaisons graisseuses des hommes et leurs hurlements montaient dans l'épaisse fumée qui sortait par l'écoutille droite qu'ils avaient précipitamment ouverte. Boris, le buste dehors, respirait avec difficulté.

Tout à coup une terrible explosion retentit : la soute à munitions éclatait. Il se sentit projeté en l'air et la dernière vision qu'il eut du monde des vivants fût celle d'une burka bleue qui gisait à même le sol entourée d'enfants ensanglantés. Amid eut le temps de crier avant qu'une plaque de blindage vienne tomber sur lui, le coupant en deux :

— « Allah Akbar ! Mon père est vengé! »

Quatre soldats soviétiques venaient encore de mourir en Afghanistan.

*

Le sergent-chef Ivachov arrêta sa colonne à l'entrée d'Hairatan. En vingt minutes, émergeant de la poussière, les six autres chars stoppèrent l'un derrière l'autre : il les compta et les recompta : il n'y en avait bien que six ! Celui du lieutenant Klykov manquait. Il pensa qu'il allait apparaître à son tour mais au fur et à mesure que les minutes s'écoulaient son angoisse grandissait. Il savait ce que signifiait un tank isolé dans ce maudit pays. Sa décision fût rapidement prise : il ordonna à son conducteur de faire demi-tour et avec le deuxième char il rebroussa le chemin, à plein gaz.

À cette allure et il n'allait pas tarder à apercevoir le tank du lieutenant Boris Sergueievitch qui était sûrement en panne à quelques kilomètres.

Effectivement, au bout de quelques temps, il aperçut la masse sombre du T 54 entre les maisons basses du hameau ; dans dix minutes il serait arrivé pour ramener leurs quatre camarades.

Tout à coup une boule de feu s'éleva dans le ciel.

Tout de suite il sut que c'en était fini.

Le conducteur stoppa aussitôt : la rage au cœur et les larmes aux yeux, il donna l'ordre de faire demi-tour.

3

Saint-Pétersbourg, le 25 Février 1989.

Ce samedi matin Sergueï avait traîné au lit. Il était rentré tard dans la nuit de Severomorsk en raison d'une tempête de neige qui avait nécessité de nettoyer la piste de la base et dégivrer les ailes du Tupolev par deux fois.

À Leningrad, avec un froid sec, le ciel s'était dégagé; un beau soleil d'hiver commençait à briller au moment où il s'apprêtait à prendre son petit déjeuner. Par la fenêtre, il voyait la neige scintiller au soleil sur les toits et les corniches des vieux immeubles bourgeois de ce quartier résidentiel.

Dans la rue les congères et les tas de glace amoncelés depuis les premières neiges, rendaient la circulation hasardeuse. Pour les piétons, marcher sur les trottoirs était un gymkhana incessant entre les blocs de glace descendus des gouttières et les plaques de verglas. La voirie n'était qu'exceptionnellement assurée par quelques vieilles « babouchka » et ce n'est pas un samedi que quelque chose d'efficace serait entrepris !

Cela n'avait pas découragé « ses » femmes de partir au marché ; il aimait bien les appeler ainsi car Tatiana depuis son mariage avec Boris formait avec Macha une paire d'amies. Leur vaste appartement, bien que vétuste, pouvait facilement accueillir le jeune couple qui bénéficiait d'une intimité relative dans l'aile droite de l'immeuble. Certes, ce n'était pas luxueux mais c'était un logement confortable, selon les critères soviétiques, même si l'entretien des parties communes et en particulier de l'ascenseur, laissait beaucoup à désirer.

Après leur mariage en 1962, Macha et Sergueï avaient préféré s'installer dans cette maison familiale qui avait gardé un certain cachet. Il aurait pu facilement, en raison de son grade et de ses fonctions obtenir un appartement dans des immeubles neufs construits dans les années 50 pour les cadres du parti et les officiers, en banlieue. Mais la maison familiale, celle de sa belle-famille plus exactement, leur convenait mieux. C'était surtout Macha qui y était attachée. C'est là qu'ils étaient nés tous les deux et qu'ils avaient passé leur enfance. C'était la maison de la famille Stepanov depuis plusieurs générations.

Le bisaïeul de Macha, riche commerçant pétersbourgeois avait acheté tout l'immeuble à la fin du siècle dernier. Après la révolution, ils n'avaient pu conserver que le troisième étage, les autres ayant été réquisitionnés pour quelques familles de la déjà influente Nomenklatura.

La famille Klykov pouvait disposer d'un vaste appartement dans lequel, les grandes proportions des pièces, comme c'était le cas au XIX ^{ème} siècle, leur permettaient de se loger confortablement, sans la promiscuité des immeubles communautaires où étaient logés encore la majorité des citadins.

Au grand séjour qui avait accueilli les fréquentes réunions familiales du temps où les propriétaires avaient les moyens de recevoir, étaient attenants une salle à manger, un petit salon qui servait de bureau à Sergueï ainsi que deux chambres bien exposées au midi.

Sirotant son thé brûlant, une épaule appuyée contre la fenêtre, Sergueï remarqua l'arrivée dans la rue d'une limousine noire, une ZIL officielle.

« Tiens, se demanda-t-il, que peut venir faire une telle voiture dans ce quartier, en plus un samedi matin ? »

Roulant prudemment sur les plaques de glace qui encombraient la chaussée, le chauffeur vint s'arrêter devant la porte de l'immeuble. Un vague sentiment d'inquiétude l'envahit. Serait-ce quelque officier qui venait de l'amirauté le chercher pour un problème ?

Mais quand il vit descendre un capitaine, qu'il identifia tout de suite comme faisant partie de l'Arme Blindée son sang se glaça. La gorge nouée, il attrapa au vol son manteau d'uniforme et descendit, quatre à quatre, les trois étages. La porte d'entrée de l'immeuble était ouverte et il se trouva face à face avec le capitaine dans le hall. Son cœur battait la chamade. Après un salut réglementaire, l'officier dont la sévérité du visage laissait supposer la gravité de sa mission, lui annonça d'une voix étreinte par l'émotion :

— Amiral, j'ai le pénible devoir de vous annoncer la mort au combat, pour sa Patrie, de votre fils, le lieutenant Boris Sergueievitch.

Sergueï n'eut pas le temps de lui rendre son salut car il chancela ; ses jambes tremblaient et sa pâleur était telle que le capitaine cru bon de lui saisir le bras. Il s'appuya contre le chambranle de la porte. Maintenant le sang refluait vers son visage et il sentait sa tête bourdonner. Essayant de se dominer, il prit une grande inspiration et se détourna pour rentrer dans la pénombre du hall d'entrée. Des larmes apparurent et commencèrent à glisser lentement sur ses joues. Le capitaine s'approcha de lui et oubliant tout comportement que la hiérarchie militaire imposait, l'entoura chaleureusement de ses bras. Il essaya bien de lui dire quelque chose de réconfortant en parlant de mort héroïque, de gloire, de patrie, mais il se rendit compte que ses paroles sonnaient creux.

Sergueï redressa la tête, prit les mains de l'officier dans les siennes et lui adressa un regard chargé de reconnaissance.

Le choc passé, il se reprit et raccompagna le capitaine sur le perron. Celui-ci descendit lentement les marches en se retournant vers l'Amiral qu'il vit essuyer d'un revers de manche les larmes qui continuaient à rouler sur ses joues. Il allait remonter dans la voiture quand il aperçut deux femmes qui arrivaient traînant leur caddie de provisions. Sergueï les avait vues aussi et descendit sur les marches du perron. Elles s'arrêtèrent à environ dix pas ; Macha regarda l'officier puis son mari : ayant compris, elle se rua sur Sergueï en criant et s'affala en sanglots sur les marches glacées. Sergueï se pencha puis s'assit près d'elle pour la prendre dans ses bras ; leur douleur était telle qu'ils ne virent pas Tania chanceler ; le capitaine se précipita à temps pour l'empêcher de tomber et la ramena titubante vers le perron de l'immeuble où elle s'effondra hébétée dans les bras de ses beaux-parents. Devant ce tableau qui évoquait une Pietà, le capitaine ne sut plus que faire. Sergueï lui fit un signe qui signifiait qu'il pouvait maintenant les laisser.

Il avait là, dans ses bras, deux femmes effondrées dont il allait avoir à s'occuper. Il souleva d'abord Tania qui, avec son gros ventre, avait le plus de difficultés puis Macha et ils se dirigèrent vers l'ascenseur. Rentrés à leur appartement, il les assit, gémissantes, sur le canapé du salon.

À la tristesse se succédait maintenant la rage, la rage contre ces chefs, ces gouvernants imbéciles qui envoyaient à une mort inutile et stupide tous ces jeunes Russes. C'était là d'autant plus rageant que Boris devait être un des derniers morts de cette abominable guerre. On sonna à la porte, c'était le chauffeur du capitaine qui rapportait le caddie ; lui aussi avait pleuré.

Quand, plus tard, Sergueï appris les circonstances de la mort de son fils, il se dit qu'il ne

« leur » pardonnerait jamais. Leur deuil ne serait jamais fait, si tant est que celui d'un enfant puisse se faire un jour, car de plus, le corps de Boris, ou ce qu'il devait en rester, pourrissait vraisemblablement dans un trou creusé à la hâte sur un bord de route loin, très loin là-bas en Afghanistan...

4

St. Petersbourg, le 27 Octobre 2000

Sergueï avait passé une mauvaise journée à la Base.

L'Amiral Karpov l'avait abordé à la fin du déjeuner, pour lui dire de passer le voir à son bureau dans l'après-midi.

Leurs regards s'étaient croisés et Sergueï avait remarqué que contrairement à l'habitude, l'Amiral avait rapidement tourné la tête, ce qui signifiait que quelque chose d'anormal se passait.

En effet, il entretenait les meilleures relations avec son supérieur qui avait toujours manifesté à son égard la plus grande amabilité.

Sous des dehors assez tranchants, attitude normale quand on a de grandes responsabilités, se cachait un homme généreux et attentionné avec tous ses subalternes.

— Mon cher Klykov, je vous ai demandé de passer me voir car j'ai de mauvaises nouvelles concernant votre situation.

— Ne vous méprenez pas, il ne s'agit pas de sanctions, car nous sommes toujours très satisfaits de vos services mais, comme vous le savez, les crédits qui nous sont alloués étant de plus en plus restreints, le Ministre m'a demandé de revoir le planning et les émoluments de mes officiers, à la baisse.

— Je suis dans l'obligation de vous imposer une diminution de moitié de votre activité assortie, bien entendu, d'une baisse de votre rémunération...

— Je sais qu'à quelques années de votre retraite cette décision est difficile à accepter mais, croyez bien que ce soit contre ma volonté car j'estime que notre Marine ne devrait pas devoir se priver du service de ses meilleurs officiers.

— Si cela peut vous consoler, vous ne serez pas le seul à être atteint par cette mesure, d'autres de vos collègues devront aussi passer par là…

— Sergueï accusa le coup et tâcha de ne rien laisser paraître, mais ses mâchoires se crispèrent.

— Bien Amiral, je prends note. Mais j'espère que le montant de ma retraite ne sera pas affecté, car comme vous le savez j'ai encore charge de famille avec ma bru et mon petit fils qui n'a que douze ans.

— Malheureusement, je ne peux rien vous promettre. J'espère que notre gouvernement saura redresser la barre et que ces mesures d'économie ne seront que temporaires…Enfin, c'est ce qu'on m'a dit en haut lieu.

L'Amiral se leva, signifiant que l'entretien était terminé et accompagna Sergueï jusqu'à la porte de son bureau en lui serrant chaleureusement la main.

— Vous recevrez un courrier officiel en ce sens qui précisera votre affectation et vos horaires de travail à partir de l'année prochaine.

— Je ferai tout pour vous garder dans la Flotte du Nord.

— Bonne chance Klykov et, si vous avez des difficultés, n'hésitez pas à m'en faire part.

— Merci, Amiral…

Après un salut réglementaire, Sergueï tourna les talons et regagna son bureau.

— Il avait, comme tout le monde, bien entendu des bruits concernant ces restrictions budgétaires mais il était loin de penser qu'il serait concerné…

A sa mine défaite, Véra, sa secrétaire comprit que son patron avait été touché par les mesures et pour adoucir sa peine, elle lui proposa un thé bien chaud avec, s'il le désirait un peu de cognac qu'elle gardait pour les « grandes occasions ».

En était-ce vraiment une ?

Sergueï, regarda sa montre : il était à peine 14 h 30 et il avait le temps d'attraper l'avion de 15 h 45 ce qui lui permettait d'être chez lui plus tôt.

De toute façon il n'avait plus grand-chose à faire maintenant, au bureau.

Pendant tout le vol, il ressassa de nombreuses pensées, plus noires que d'habitude.

Ainsi, on le remerciait sans ménagement, après presque quarante années de bons et loyaux services… Vraiment écœurant…Il avait envie de dé-

missionner tout de suite et de tous les envoyer ba-
lader…

Enfin, il allait voir comment ménager au mieux ses
intérêts. Il fallait être un peu patient et peut être les
choses s'amélioreraient, se dit-il pour se rassurer.

Quand la babouchka lui ouvrit, Paul était déjà
rentré et faisait ses devoirs.

Il était 6 h passé et Tania qui habituellement
rentrait vers ces heures là, lui avait dit au téléphone
qu'elle était retenue par la réunion trimestrielle que
le chef du département organisait et qu'elle rentrerait plus tard.

Il passa voir Paul dans sa chambre :

— Tout va bien, mon petit ? Bonne journée ?

— Hum ! comme tous les jours…

— As-tu besoin de moi pour ton travail ?

— Non tout va bien, j'ai presque fini.

— Alors je te propose une partie d'échec : tu sais
que tu me dois une revanche !

Cet enfant était décidément un amour. Non
content d'être un beau petit garçon qui avait un
mélange des traits fins de ses deux parents, il était
d'une gentillesse naturelle avec tous ceux qui le
côtoyaient que ce soit à l'école ou dans son entourage familial.

Très attentionné pour sa mère qu'il adorait, il avait petit à petit admis qu'il était orphelin de père.

Le récit de sa mort au combat qui faisait de lui un héros avait beaucoup contribué à l'image qu'il s'en était faite et à mieux accepter sa disparition.

Il était fier de ce père qu'il ne connaissait que par deux photos, enlacé avec sa mère le jour de leur mariage et une autre prise quelques temps avant sa mort en Afghanistan, souriant sur la tourelle de son char.

Bien entendu, c'est sur son grand-père que s'était reportée son affection et tous les deux faisaient une paire d'amis.

Sergueï s'assit dans son fauteuil pour lire le journal, quand il entendit de petits coups frappés à la porte.

Intrigué, il alla ouvrir et quelle ne fût pas sa surprise de voir Tania, affalée sur le sol de l'entrée, secouée par des sanglots.

Un instant affolé, il se précipita pour l'aider à se relever et s'aperçu alors que ses vêtements étaient déchirés et qu'elle était maculée de boue.

Il la porta rapidement dans sa chambre et l'étendit sur le lit.

Paul, sorti précipitamment de sa chambre, stupéfait regardait la scène : sa maman, sa maman chérie, que lui était-il arrivé ? Malgré son envie, il n'osait pas venir auprès d'elle d'autant que son grand-père lui avait fait un signe de les laisser.

Sergueï était bouleversé.

De toute évidence elle avait été agressée et peut-être violentée.

L'ayant prise dans ses bras il essaya de la calmer, en vain car le choc qu'elle avait subit était trop important pour qu'elle s'en remette si facilement.

Il alla téléphoner à Sonia Dejerina, une amie médecin de l'hôpital Doverie, tout proche.

— Sonia, il faut que tu viennes tout de suite, car il est arrivé un accident à Tania.

— J'enfile un manteau et j'arrive.

Il allait s'asseoir à nouveau près d'elle quand on sonna à la porte.

C'étaient deux miliciens qui venaient s'enquérir du sort de la dame qu'ils avaient secourue.

En effet, ils patrouillaient dans le quartier quand ils avaient vu une bande d'hooligans s'acharnant sur une femme couchée sur le trottoir.

Leur arrivée ne les avaient pas dispersés et ils avaient dû sortir leurs armes pour s'en débarrasser, en ayant assommé deux avec leurs matraques. Des renforts aussitôt appelés étaient arrivés et la bagarre générale avait tourné au désavantage de la bande de voyous qui avaient filé sans demander leur reste, abandonnant deux comparses aux mains de la police.

Sergueï les rassura et les remerciant, il leur dit qu'un médecin allait arriver.

Il passerait lui même le lendemain au commissariat pour déposer une plainte.

Comme ils partaient, son amie Sonia arriva en montant les marches quatre à quatre, tant elle était inquiète, elle aussi.

Elle portait sous son manteau sa blouse blanche qu'elle n'avait pas eu le temps d'enlever car elle avait quitté son service en toute hâte.

Sergueï la laissa seule avec Tania et retourna voir Paul pour lui expliquer ce qu'il avait pu comprendre.

Une demi-heure plus tard, Sonia sortit de la chambre et vint les rassurer.

— Alors ?

— Cela ne va pas trop mal. Il n'y a pas eu de viol seulement quelques ecchymoses et surtout un gros choc psychologique dont elle aura du mal à se remettre. Je l'ai mise au lit et lui ait fait une injection de calmants pour qu'elle puisse dormir cette nuit.

— Tu me la ramèneras demain car elle a besoin d'un soutien psychologique pendant quelques temps. Elle devra arrêter son travail et je te donnerai un certificat médical pour l'Université.

— Encore merci d'être venue si vite et de m'avoir rassuré, lui dit-il en la serrant dans ses bras. Quelle histoire…! Décidément, il devient de plus en plus difficile de vivre dans ce pays…

— Cela m'aura donné au moins l'occasion de te revoir…

Cinq ans après la mort de Macha, ils avaient eu une liaison, qui ne s'était pas prolongée car le mari de Sofia, alcoolique invétéré et violent l'avait menacée de mort, il en aurait été capable, s'il découvrait qu'elle le trompait. Il était mort l'an dernier d'une hémorragie, au grand soulagement de Sonia et de sa famille.

Depuis, ils ne s'étaient pas revus.

— On pourrait dîner ensemble un de ces soirs ? proposa Serguëi

— Pourquoi pas ?

— Je t'appelle la semaine prochaine…

Après un rapide baiser sur la joue, elle s'éclipsa.

Paul et Serguëi dînèrent silencieusement et pleins de tristesse, allèrent se coucher en pensant à l'avenir. Il paraissait bien sombre …

Serguëi, dans son lit, les yeux grands ouverts, repensait à cette journée qui n'avait apporté que de mauvaises nouvelles.

Sa mise à l'écart qui sonnait la fin de sa carrière, l'agression de Tania, c'en était trop à la fois. Qu'allaient-ils devenir ? Surtout si sa pension était diminuée de façon conséquente.

Déjà que, sans être en difficulté du point de vue financier, il ne roulait pas sur l'or et il fallait bien le salaire de Tania pour pouvoir vivre décemment.

Par contre, d'avoir retrouvé Sonia lui mettait un peu de baume au cœur.

C'était encore une jolie femme, qui avait franchit allègrement la cinquantaine, légèrement enrobée certes mais avec beaucoup de charme. Deux fossettes rieuses, de part et d'autre de ses lèvres charnues, lui donnaient un air mutin.

Sa longue chevelure brune qu'elle ramenait en chignon pendant ses heures de service et ses yeux bleu vert lui avaient toujours beaucoup plu. Sa silhouette et sa démarche assurée la rendaient toujours aussi attirante.

Quelques ridules au coin des paupières témoignaient des épreuves qu'elle avait dû supporter avec son salaud de mari. Il s'était toujours demandé comment ce gros porc, magouilleur politique et alcoolique, avait pu séduire cette belle fille.

Les perspectives d'une prochaine liberté, lui donnaient espoir d'établir une nouvelle relation qui pourrait leur apporter, à tous les deux, une vie plus agréable.

5

St Petersbourg, novembre 2000

Tania, comme il fallait s'y attendre, mit long-temps à retrouver son équilibre.

Elle avait du arrêter son travail pendant cinq semaines et restait le plus souvent à la maison avec Paul qu'elle ne cessait de cajoler dès son retour de l'école.

Son caractère avait changé et elle se retrouvait dans une situation équivalente à celle qui avait suivi son deuil.

Puis, l'effet du traitement et du temps jouant, elle reprit le chemin de l'Université.

Se retrouver dans ce milieu où elle avait quand même quelques amis lui fit du bien.

Sergueï, qui avait bénéficié d'une permission spéciale d'un mois, s'occupait de Tania et Paul du mieux qu'il pouvait et essayait d'apporter un peu de joie dans cette maison où la tristesse régnait.

Quoi qu'il en soit, c'était à lui, le chef de famille de trouver une solution pour que leur vie soit la plus agréable possible.

Depuis la disparition de Macha et de Boris, il avait assuré la bonne marche du foyer, les emmenant tous les deux en vacances, le plus souvent au bord du lac Ladoga où il avait acheté une petite datcha dans les années soixante dix.

Petit à petit, la vie reprit son cours, lui faisant toujours la navette entre

Saint Petersbourg et Severomorsk, Tania à la Faculté et Paul au collège.

Avec Sonia tout allait pour le mieux.

Ils s'étaient revus plusieurs fois et ces rencontres leur avaient permis de constater qu'il existait entre eux de réels sentiments. Ils avaient bâti le projet de vivre maintenant ensemble.

Ils garderaient chacun leur liberté mais, à chaque occasion, ils passeraient le plus de temps possible tous les deux.

Le fils et la fille de Sonia faisant leurs études à Moscou, ils se retrouvaient dans son appartement, petit mais agréablement décoré, dans un bel immeuble situé au bord de la Grande Nevka, le bras nord de la Neva.

Sergueï, passait la chercher à l'hôpital et ils allaient à pied chez elle, serrés l'un contre l'autre, comme des amoureux qu'ils étaient.

Il avait mis au courant Tania et Paul qui avaient parfaitement admis qu'il ne pouvait pas rester toujours seul à son âge.

D'autant que Sonia les avait rapidement conquis par sa gentillesse et l'attention qu'elle savait leur porter. Le petit sentiment de jalousie de Tania avait vite été oublié et maintenant elle se réjouissait quand elle venait dîner ou passer un week-end avec eux.

6

Saint-Pétersbourg, samedi 9 décembre 2000.

Tania rangeait du linge dans les armoires lorsqu'elle entendit Sergueï qui rentrait. Dès qu'elle le vit, à son air soucieux, plus que d'habitude car depuis quelque temps déjà elle avait noté que son comportement avait changé, elle comprit qu'il se passait quelque chose de grave.

Elle se souvenait du temps où elle l'avait connu comme capitaine de vaisseau : il avait quarante quatre ans. C'était après sa rencontre avec Boris, alors jeune sous-lieutenant, à Moscou où elle accompagnait son père, le vieux général Serpiline, invité d'honneur à une réception officielle pour une remise de décoration au général Grimov, patron de l'Arme Blindée.

En effet, son père avait cinquante quatre ans lorsqu'elle était née, enfant unique de Katerina, la deuxième épouse de Grégory Alexeïevitch Serpiline. Il l'avait épousée alors qu'il était veuf déjà depuis quinze ans. Le général s'était couvert de gloire pendant la « grande guerre patriotique » de 1941 à 1945, à la tête de son bataillon puis de son régiment de blindés, en particulier en résistant vaillamment à l'avance des Allemands devant Smolensk en août 41, puis par la suite, après la gigantesque bataille de Koursk. Ensuite, tout au long de la reconquête, jusqu'à Berlin. Héros de l'Union soviétique, il était unanimement respecté. L'arrivée de Tatiana sur ses vieux jours l'avait comblé de bonheur.

C'est au cours de cette cérémonie qu'elle était tombée dans les bras de Boris, aide de camp du Général Grimov.

Sergueï avait dirigé Boris vers l'arme blindée, rompant ainsi avec la tradition de marins de la famille Klykov. En effet, ses longues absences du foyer familial que lui avait imposé son service à la mer, lui avaient causé beaucoup de regrets et il ne voulait pas que la famille de son fils en souffre autant.

Après leur mariage, Sergueï et Macha avaient naturellement accueilli Tatiana dans leur grand appartement car la jeune épouse préférait Leningrad à Moscou et à la Crimée éloignée de tout, où son vieux père et sa mère avaient pris leur retraite. De plus elle adorait sa belle-mère et Macha lui rendait son affection car elle représentait pour elle la fille qu'elle aurait tant aimé avoir. Leur bonne entente, leur complicité même, comblait de joie Sergueï qui avait moins de scrupules à être absent, sachant que sa femme était en bonne compagnie.

Malheureusement, le séisme familial qu'avait entraîné la mort de Boris devait avoir des conséquences dramatiques pour ces trois êtres, dévastés, réunis dans le chagrin.

Quelques mois après l'accouchement de Tania en avril, après avoir cru que le bonheur était à nouveau là avec ce petit Paul, la santé de Macha s'altéra brutalement. Un matin de juin elle ressentit une douleur dans son sein droit à laquelle elle ne prêta pas grande attention. Quelques jours après son sein, de plus en plus douloureux, présentait une importante inflammation et les médecins spécialistes de l'hôpital militaire ne purent que constater l'apparition d'un cancer très inflammatoire; tous les traitements mis en œuvre ne parvinrent pas à enrayer la progression de la maladie. Macha lutta courageusement six mois durant, mais le mal l'emporta en décembre.

Dix mois après la mort de Boris, le malheur frappait à nouveau la famille Klykov. Pour Sergueï comme pour Tania, cette disparition brutale les laissait désemparés. Elle se retrouva seule dans ce grand appartement avec le petit Paul à élever, car son beau-père était la plus part du temps près de Mourmansk, à la base navale de Severomorsk.

Cependant les choses allaient, petit à petit, s'améliorer. Après tant de peines, une lueur d'espoir brillait à l'horizon ; les années quatre vingt dix, suite à la désintégration du régime communiste, avaient été marquées par une diminution drastique des crédits militaires en général et de la marine en particulier, entraînant une chute brutale d'activité sur la base navale.

Le manque de moyens entraîna la mise à terre d'un grand nombre de personnels et l'Amiral Klykov, n'ayant plus beaucoup d'occupations à la base des sous-marins, obtint d'être muté, à temps partiel, à l'Amirauté à Saint Petersburg. Ne devant plus aller que deux ou trois jours par semaine à Severomorsk, il pu ainsi être beaucoup plus présent auprès de ses proches.

Il s'arrangeait pour partir le lundi matin et pouvait revenir le jeudi, au plus tard. Ces allers retours étaient fatigants mais il avait la joie de retrouver Tania et Paul dont il s'occupait jusqu'au retour de sa mère. Cela lui permettait de supporter tous les inconvénients de cette organisation.

Tania, en effet, après plusieurs années passées dans un état dépressif, avait repris son travail. Elle enseignait avec passion l'espagnol à l'Université. L'attrait pour cette langue lui était venu du temps où, toute petite, à Moscou ils avaient comme voisins un vieux professeur, Ernest Marti et sa femme, fils de José Marti, fondateur du Parti Révolutionnaire Cubain.

Le couple, qui vivait à Madrid, s'était réfugié en France après la prise de pouvoir de Franco, puis à Moscou à l'invitation des autorités soviétiques.

Ils s'étaient pris d'affection pour la petite Tatiana et l'espagnol était devenu facilement sa deuxième langue maternelle. Maria Marti, qui était d'origine catalane, lui avait aussi appris le français qu'elle parlait couramment, car avant de rejoindre Moscou en 1945, ils étaient restés internés, comme plusieurs milliers de républicains espagnols, au camp de concentration d'Argelès pendant deux ans, après la victoire de Franco.

Elle avait bien pensé refaire sa vie comme beaucoup de jeunes veuves, mais le cercle de ses relations était restreint et aucun homme qu'elle connaissait n'avait pu la séduire. Les années étaient passées et à trente ans, c'était une belle jeune femme, très séduisante. Bien que de taille moyenne pour une slave, son allure svelte et son port de tête, avec ses longs cheveux blonds qu'elle coiffait le plus souvent en un joli chignon quand elle sortait ou laissait lâches ou nattés selon son humeur dans ses moments de détente, attiraient le regard des hommes.

Un sourire un peu triste, mais cependant ave-nant, conséquence du malheur qui l'avait frappé, lui donnait un petit quelque chose qui mettait tout de suite à l'aise les gens qu'elle rencontrait.

Pendant la journée, une babouchka voisine s'occupait de Paul et lorsqu'elle rentrait, souvent tard de l'Université, elle trouvait la maison en ordre. À partir du mercredi ou du jeudi, Sergueï était là pour s'occuper de Paul et ainsi, elle avait l'impression de vivre dans un nouveau foyer.

Elle lui en était reconnaissante et Paul adorait son grand-père qui le lui rendait bien.

Leur complicité n'empêchait pas Sergueï de faire preuve d'autorité lorsqu'il le fallait, avec l'accord de Tania, ce que Paul avait fini par accepter.

En ce samedi soir de décembre, Sergueï, demanda à Tania de venir s'assoir sur le canapé du salon près de lui.

— Ma petite Tania, j'ai quelque chose de très important à te dire.

— Je m'en doutais, à voir ta mine soucieuse : est-ce grave ? As-tu des ennuis ?

— Non, pas spécialement, mais je dois te parler de ce qui m'est arrivé cet après-midi, après que je sois parti. Je ne t'avais pas dit où j'allais, car je voulais en savoir plus... Voilà...

Serguei lui raconta alors, dans le détail, tout ce qui s'était passé et ses projets pour l'avenir.

La réponse définitive devait être donnée le samedi suivant, mais d'ores et déjà, sauf problème imprévu, il pensait que cela serait possible. Cependant, il voulait avoir son assentiment avant de prendre sa décision définitive.

Elle resta un moment silencieuse, réfléchissant rapidement, puis se décida à parler.

Sergueï s'attendait à une foule de questions. Il n'en avait rien été. À son visage il comprit tout de suite qu'elle ne mettrait aucun obstacle.

En effet, depuis la maudite année 88, elle avait du mal à retrouver le goût de vivre.

Sur le plan affectif, elle n'avait pas réussi à s'épanouir. Certes, elle avait été courtisée, essentiellement par des hommes de son entourage à l'Université, mais aucune aventure ne l'avait permis de trouver l'âme sœur. Elle avait bien eu une liaison avec un assistant, mais qui n'avait pas eu de suite car il était marié.

Son unique raison de vivre était d'élever Paul du mieux possible, avec Sergueï qui lui aussi faisait tout ce qu'un grand père pouvait faire.

Quand il eût fini d'exposer son projet, complètement fou quand on considérait sa position sociale, elle y adhéra tout de suite.

Elle était prête à tout pour que leur vie continue dans les meilleures conditions. Quitter son pays, sa ville, le peu de relations qu'elle avait, ne lui posait aucun problème. D'autant que, en plus de sa récente agression qui l'avait profondément traumatisée, elle avait appris qu'à l'Université l'évolution de sa carrière était compromise. Toujours en raison du manque de crédit, sa promotion au titre de professeur avait été ajournée « sine die ».

Toutes ces raisons faisaient que plus rien ne l'attachait à St. Petersbourg.

Sur un autre plan, qu'un grand marin comme lui, qui avait si fidèlement et si courageusement servi sa patrie, que Sergueï devienne un paria, qu'ils seraient donc obligés de vivre dans la clandestinité le reste de leur existence, n'avait pas pesé lourd dans la balance.

Son esprit pragmatique avait éludé toutes les questions de morale ou d'éthique qu'elle aurait pu se poser. Elle considérait que l'armée avait une immense dette envers elle et que c'était un juste retour des choses. Certes, imaginer la masse d'argent dont ils pourraient disposer avait facilité son choix en résolvant à l'avance les problèmes matériels.

L'avenir de Paul serait assuré et il était assez jeune pour s'adapter à une nouvelle vie; de plus, elle était attirée par cette aventure qui rompait avec la monotonie de sa vie actuelle et puis, vivre sous les tropiques ne lui déplaisait pas non plus : elle en avait déjà apprécié les charmes pendant les deux mois de vacances qu'elle avait passés à Cuba en 1985, quand elle était encore étudiante. Elle s'y était fait de véritables amis en la personne de Carmen et Bixente Betelcéguy, un indépendantiste basque communiste, qui était allé s'installer à Cuba en 1960 grâce à son ami Ernest Marti qui l'avait introduit dans les milieux gouvernementaux. Par ses compétences et sa culture, Bixente avait réussi à s'imposer au sein du gouvernement castriste grâce, en partie, à la sympathie que lui avait porté le « Che ».

C'est à cause de ses relations qu'ils avaient pu bénéficier d'un statut privilégié au sein de la société cubaine.

Tatiana avait sympathisé avec Carmen, qui bien que de vingt ans son aînée, l'avait tout de suite appréciée. Elle n'était pas d'ailleurs sans lui rappeler Macha par certains côtés. Les quelques temps qu'elles avaient passés ensemble devaient rester pour elle une des meilleures périodes de sa vie. Ce séjour en immersion hispanophone lui avait fait le plus grand bien et elle était rentrée à l'Université en maîtrisant parfaitement l'espagnol, la tête pleine de projets littéraires.

Pour Tania, cette pensée de revivre ces moments heureux avait balayé ses derniers scrupules et la proposition qui avait été faite à Serguéï, lui convenait tout à fait.

Il fallait rapidement tirer un trait sur tout son passé et la perspective de changer radicalement de vie la ravissait.

Serguéï avait tout prévu pour mettre à l'abri des représailles Tania, Paul et Kotia Chernavine, son chauffeur et garde du corps.

Par précaution, il avait prévu de faire voyager Tania, Paul et Kotia avec les faux passeports qu'Ossip leur ferait parvenir. Il avait pensé que cela serait mieux de prendre un vol aller-retour pour Paris, la destination à la mode depuis quelques temps. De plus en cette période de vacances de fin d'année, ils se mêleraient aux nombreux touristes.

A Paris, Tania irait au Consulat de Cuba, demander un visa touristique pour un séjour d'une semaine, avec bien sûr aussi des billets aller-retour; une fois à Cuba où ils seraient accueillis par leurs amis, ils attendraient tous les trois d'être fixés sur leur destination finale.

A terme, ils se retrouveraient tous quelque part dans les Caraïbes.

Quant à Sonia, il ne lui en avait pas encore parlé pour des raisons de discrétion et parce qu'il n'était pas sûr qu'elle accepte de quitter Saint Petersbourg où ses conditions de vie étaient, somme toute, assez agréables. Elle n'avait pas les mêmes motivations qu'eux et c'était plus difficile car elle avait ses enfants à Moscou et Sergueï ne pouvait pas les prendre en charge aussi.

Il lui dirait simplement qu'ils partaient en vacances.

Il serait toujours temps de reprendre contact avec elle le moment venu, quand tout serait terminé et leur situation éclaircie. Si elle était d'accord, elle pourrait les rejoindre.

Paul était rentré vers neuf heures, car le samedi après-midi il allait à son entraînement de judo ; il avait trouvé son grand-père et sa maman très gais, même un peu euphoriques, sans penser que les quelques verres de vodka y étaient pour quelque chose. Sans entrer dans le détail, ni même évoquer l'aspect répréhensible de l'opération, Sergueï avait simplement dit qu'ils iraient passer les vacances de fin d'année à Paris puis à Cuba et que peut-être ils y resteraient un certain temps.

La perspective de ce séjour tropical dont il avait souvent rêvé, tant sa mère lui en avait parlé, sans jamais cependant l'espérer, amena un grand sourire sur ses lèvres. Tous les trois se regardaient dans les yeux. Sergueï assis entre les deux êtres qui lui étaient les plus chers au monde, qui étaient sa raison de vivre, les serra fortement dans ses bras. Des larmes d'émotion perlèrent à ses yeux. Pour fêter l'évènement, car il avait bien conscience que rien ne serait plus comme avant, il leur annonça qu'il les emmenait dîner au célèbre restaurant « Na Zdrodov'e » qui était à deux pas de chez eux.

7

Severomorsk, lundi 11 décembre 2000, 9h 30

Confortablement assis dans le siège de la première classe réservée aux officiers supérieurs et généraux, Serguei regardait par le hublot du Tupolev 127 les mornes paysages enneigés de la péninsule de Kola défiler sous ses yeux.

Presque trente six heures s'étaient écoulées depuis son entretien avec Ossip qui avait chamboulé sa vie. Ce projet qu'il aurait jugé complètement irréaliste il y a quelque temps, s'imposait petit à petit à son esprit. Le temps qu'il avait passé à marcher dans le froid de la nuit sur les quais glacés de la Neva, en revenant à son domicile rue Kropotkina, lui avait permis de réfléchir et comme c'était un homme d'action, de trouver une solution aux nombreux problèmes qu'il avait à résoudre.

Déjà, après quelques minutes de marche il avait senti, presque inconsciemment, qu'il allait accepter cette proposition.

Depuis 1991 les choses avaient beaucoup changé. À l'URSS, vacillante dans ses structures sociales et politiques, avait succédé une société plus libérale à laquelle une majorité de Russes aspirait.

Ce changement brutal de système économique avait cependant bouleversé les valeurs morales de ce pays. Certes il y avait toujours eu ces privilèges attachés à la Nomenklatura dont sa famille et lui même avaient, d'ailleurs, largement profité.

Mais depuis quelques années c'était la course à qui tirerait au mieux et au plus vite le plus de profit.

Depuis que tout le système socio-économique s'était écroulé et malgré la bonne volonté et la foi évidente de quelques dirigeants, la majorité des responsables avait choisi de jouer leur carte personnelle.

Il s'en était suivi une démobilisation de tous les services publics et particulièrement dans l'Armée. La Marine n'avait pas été épargnée et avait été confrontée à une grave crise financière : la diminution drastique des crédits avait entraîné non seulement une dégradation inéluctable des matériels, mais aussi et surtout de la mentalité des officiers. En effet, alors que sous l'URSS, elle dépendait directement de l'État, et qu'elle n'avait pas à se soucier des questions de financement, la Flotte du Nord se trouva en situation « d'autonomie financière ». Elle devait, dorénavant, se contenter du budget qui lui était alloué (quand ce dernier lui était versé !).

Elle manquait ainsi de fonds pour entretenir normalement ses bâtiments, la plupart devant rester à quai, et pour payer la solde des marins.

Quant aux chantiers navals, chargés de l'entretien, ils devaient fonctionner grâce aux commandes de la Flotte qui n'avait plus les moyens de leur en passer !

Année par année, il n'avait pu que constater cette descente aux enfers de « sa » Marine ; ce n'est pas sans nostalgie qu'il repensait aux années quatre vingt pendant lesquelles il avait été si fier de la servir. Tout cela était bel et bien fini et malgré les prévisions optimistes de Vladimir Poutine, qui allait bientôt gouverner et qui tablait sur un redressement puis un retour hypothétique à la normale pour 2015, les conditions avaient continué à se détériorer.

Après la crise constitutionnelle de 1993 au cours de laquelle Boris Eltsine avait pris le pouvoir et la grave crise économique qui s'ensuivit, plus particulièrement depuis 1998, où le rouble avait chuté de soixante pour cent, la vie dans cette nouvelle Russie était devenue très difficile.

Le coût de la vie avait tellement augmenté qu'il en était venu à se demander s'il pourrait encore subvenir correctement aux besoins de sa famille, surtout si le montant de sa pension diminuait.

Sa solde de contre-amiral, qui n'avait pas été augmentée depuis plusieurs années, lui permettait tout juste de boucler les fins de mois.

Heureusement que le salaire de Tania apportait le complément indispensable.

De toutes les façons, comme l'Amiral Karpov l'avait confirmé, sa carrière était terminée et il n'avait aucun espoir que les choses s'améliorent pour lui dans les années à venir.

Si le relatif confort matériel, qui lui avait paru suffisant tant que son métier lui avait apporté de nombreuses satisfactions, était maintenant menacé, la situation deviendrait alors très préoccupante.

Toutes les valeurs balayées, il ne restait plus que l'esprit contagieux de lucre et il sentait bien qu'il n'arriverait pas mieux que les autres, à y échapper. La vie ne l'avait pas épargné sur le plan affectif et il sentait que le moment était venu à soixante ans de s'assurer de bonnes conditions matérielles, surtout pour Tania et Paul qui avaient encore de longues années de vie devant eux.

Somme toute, la proposition d'Ossip tombait à point et il se demandait si inconsciemment il ne l'avait pas en fait désirée.

De plus, l'accord enthousiaste de Tania, le confortait dans son choix.

À Severomorsk, il avait déjà constaté que certains officiers se livraient à des trafics douteux. Il aurait pu intervenir, faire preuve d'autorité mais à quoi bon, pensait-t-il : quand le navire est en train de couler, il est inutile de chercher à écoper avec un seau !

Aussi l'idée d' « emprunter » un bâtiment à la Marine russe s'était imposée petit à petit comme une chose naturelle ; en somme il ne ferait rien de plus, à une autre échelle certes, que ce que beaucoup d'autres faisaient déjà. Il valait mieux en profiter avant que ce bâtiment rejoigne les autres épaves !

Samedi, il donnerait donc son accord à Ossip.

Maintenant que sa décision était prise, il devait préparer minutieusement cette mission, comme il l'avait toujours fait pour les autres.

Premièrement, il fallait trouver un bâtiment avec un équipage forcément restreint. Les problèmes d'intendance devraient être aussi résolus mais à son sens cela ne serait pas trop difficile surtout avec les dollars en cash dont il pourrait disposer.

Le ronronnement régulier des réacteurs du Tupolev, loin de le bercer, favorisait sa réflexion.

Il devait surtout s'entourer de gens compétents et sûrs.

Le premier nom qui lui vint tout naturellement à l'esprit fût celui de son ami de toujours, Dimitri Pavlovitch Molotchanov. En fait, parmi tous les officiers qu'il avait croisés dans sa carrière, maintenant longue de presque 40 ans, Dimitri était le seul pour lequel il avait toujours ressenti une affection particulière, presque fraternelle. Ils avaient fait leurs études à l'Académie Navale ensemble, choisi ensemble les sous-marins, commandé ensemble des bâtiments de la même escadre : bref, hormis une séparation de trois ans quand Dimitri avait été appelé à commander une escadrille à Sébastopol, ils ne s'étaient jamais vraiment quittés. Ils avaient l'un pour l'autre une profonde affection qui les liait depuis longtemps, un respect mutuel ainsi qu'une totale confiance réciproque. Certes, l'avancement de Dimitri avait été moins rapide, dû au fait que d'une part, il avait souvent fait preuve d'indépendance et d'originalité dans une institution qui ne le tolérait absolument pas et d'autre part, un grave accident de service où il avait été gravement blessé par un filin rompu au cours d'une manœuvre, l'avait éloigné du commandement pendant plus de deux ans.

Bien que remis physiquement de cette blessure, il avait mal accepté que sa carrière fût compromise et gardait une rancœur tenace au regard de sa hiérarchie qui n'avait pas su tenir compte de ses états de service que beaucoup pouvaient lui envier.

Son divorce qui en avait été l'une des conséquences, lui permis de se séparer de Katia dont l'infidélité notoire lui était devenue insupportable. N'ayant pas eu d'enfant, ce qui avait amené sa femme à tous les débordements imaginables, il se retrouvait à presque soixante ans sans attache, hormis celle qu'il avait avec ses deux neveux et sa nièce qui étaient les seuls êtres au monde qui comptaient pour lui.

Sa dernière affectation à Severomorsk au commandement de la 40ème « divizya », une flottille de sous-marins classiques, lui avait permis de rester au contact de son ami Serguÿ.

C'était donc pour toutes ces raisons que le choix de Sergueï s'était porté sur son ami.

Dimitri était un homme affable, à la chevelure encore brune et abondante, de taille moyenne, comme Sergueï, un avantage pour les sous-mariniers. Sa fine moustache, ses yeux pétillants d'intelligence et un sourire permanent séduisaient immédiatement tous ceux qui l'abordaient.

Malgré ses ennuis familiaux et de santé, il avait su rester toujours aussi avenant et tous les marins qui l'avaient côtoyé, l'appréciaient beaucoup.

Sergueï, réfléchissait rapidement.

Concernant le bâtiment à utiliser, il avait immédia-tement pensé à un sous-marin classique, à propul-sion diesel-électrique SSK (5) comme le modèle Projekt 877 M Paltus.

En effet, il n'était pas question de se lancer dans l'aventure avec un sous-marin nucléaire, beaucoup trop gros pour ce genre de mission et qui aurait nécessité un équipage trop important.

De plus il connaissait bien ce type de sous-marins pour en avoir déjà commandés, bien avant que son étoile de Contre-amiral ne le confine à des postes administratifs.

Il pensait tout particulièrement à deux bâtiments qui, avaient été maintenus en service malgré leur relative ancienneté. Si sa mémoire était bonne, ces deux unités avaient subi une révision complète il y a deux ans et depuis avaient été ramenées à leur môle où de simples équipes de sécurités les visitaient tous les trois mois. Ils devaient servir comme bâtiments de démonstration pour les marines étrangères, futures clientes.

Il ne manquerait pas d'aller y faire une inspection surprise comme ses fonctions l'autorisaient et même lui faisaient obligation de le faire régulièrement.

Il fut tiré de ses pensées par la voix du copilote qui annonçait l'atterrissage imminent sur la piste de la base navale.

Severomorsk était une ville fermée, uniquement occupée par les militaires et leur famille, et bien entendu, très protégée.

Accueilli à sa descente d'avion par Kotia son chauffeur, Sergueï se retrouva assis, vingt minutes plus tard, à son bureau, bien au chaud. Vers les 11 heures, Véra, sa secrétaire, lui apporta du thé, son courrier ainsi que son planning de la semaine. Celui-ci était chargé mais il demeurait cependant libre de l'organiser à sa guise et de reporter les rendez-vous et obligations habituelles sauf, bien entendu, celles de l'Amiral Alexeïevitch Karpov, le Pacha de la base, auxquelles il ne pouvait se soustraire.

Il décacheta les lettres qu'il parcouru d'un œil distrait.

Plus rien désormais n'avait d'importance et il devait concentrer toute son énergie à préparer sa dernière mission. Une vie entière passée dans la crainte de la délation, sous la surveillance constante des services de sécurité et des commissaires politiques de tout poil, l'avait habitué à la plus grande prudence, à plus forte raison lorsqu'il s'apprêtait à commettre des faits hautement délictueux. Aussi décida-t-il de ne prendre que quelques notes en abrégé sur un petit carnet qu'il conservait sur lui en permanence.

Il alluma son ordinateur et commença à pianoter sur le clavier pour se connecter au logiciel qui donnait un état complet de la flotte avec les disponibilités de chaque bâtiment.

Après avoir entré le mot de passe, s'afficha sur son écran les références d'une quinzaine de sous-marins diesels-électriques.

Sur ce nombre, il fallait en retrancher sept qui étaient « en réserve », euphémisme pour dire qu'ils ne marcheraient probablement plus jamais !

Huit bâtiments étaient répertoriés comme opérationnels.

Leur fabrication remontait aux années 90. Ils avaient été maintenus en service et correctement entretenus. Comme il le pensait, il vit que le *Kalouga* B 800, avait été envoyé à Poliarniy, au Chantier N° 10 « Chkwal », pour refonte partielle car il devait servir prochainement de bâtiment de démonstration et d'entraînement pour les équipages de la marine vietnamienne, au printemps.

Depuis les ventes effectuées, notamment à la Chine, à l'Iran, à l'Inde et à l'Algérie la demande avait augmenté.

Le *Kalouga* restait à quai au chantier sous la surveillance des personnels de l'arsenal.

Il avait effectué des exercices en mer en septembre et devait à nouveau en faire au printemps.

Ce serait donc celui-là à qui il confierait son avenir. Le fait qu'il soit basé à Poliarniy compliquait la tâche par la distance qui le séparait de Severomorsk : il fallait prendre une navette pour Retsinkoyé puis faire quinze kilomètres en voiture, sur une mauvaise route. Quant à y aller en avion, c'était plus compliqué car il n'y avait que deux vols par jour au départ de Severomorsk et encore étaient-ils irréguliers.

Mais en revanche, c'était un mouillage moins surveillé et aussi plus près de la pleine mer située à environ huit milles de l'entrée du fjord de Mourmansk.

Il devrait en discuter avec Dimitri.

Il regarda sa montre et s'aperçu qu'il était temps d'aller déjeuner. Il n'avait pas grand appétit depuis quelques jours en raison d'une légère anxiété, mais il fallait bien se nourrir !

À midi moins le quart, il sortit de son bureau et se dirigea vers le bâtiment central des services où se trouvait le restaurant des officiers supérieurs.

Base navale de Severomorsk, lundi 11 Décembre 2000, 13 h.

Quand après le déjeuner il attira Dimitri dans un coin du salon à part, celui-ci ne fut en rien surpris, habitué qu'il était de recevoir les confidences et les réflexions secrètes de son ami. Cependant, cette fois, il ne pu retenir son étonnement quand Serguéï, tout de go, lui fit une description rapide mais concise de son projet.

Il resta interloqué pendant quelques instants mais se reprenant, son analyse du problème rapidement faite, il fit à Serguei un grand sourire qui voulait signifier un acquiescement total :

— Ca alors, ça alors ! Répéta-t-il plusieurs fois avec un sourire amusé, tu m'épateras toujours !

— Ca t'étonne, hein ! Je commençais à sérieusement m'ennuyer ces temps-ci. On va recommencer à vivre pleinement, comme avant. Tu es donc d'accord ?

— Bien évidemment ! Est-ce que je peux te refuser quelque chose ?

Serguéï, se sentant soulagé, respira profondément. Bien qu'il n'ait pas douté de sa réponse, son adhésion si spontanée au projet le rassura complètement. En effet, il lui eu déplu d'avoir à argumenter, de chercher à le convaincre. Fort heureusement, son ami lui avait facilité la tâche.

A voir comment il développait, aussitôt ses conceptions de l'organisation future, il sut que l'affaire prenait bonne tournure.

— Je me chargerai de toute l'intendance et je me fais fort de recruter la dizaine de sous-mariniers chevronnés nécessaires au sein des contingents qui ont été mis à la retraite anticipée et que l'idée de reprendre du service, même de façon illégale, séduira à coup sûr. D'autant que la prime de risque est conséquente !

— Parfait, acquiesça Sergueï, je n'en attendais pas moins de toi. Je vois que tu es toujours aussi efficace ! Merci Dimitri pour ton engagement.

— D'abord, je te dois bien ça. Et puis, comme toi, cela va me distraire un peu et me sortir du train-train habituel. Je commence à rouiller…

Dès le lendemain, son ami établirait les premiers contacts et lui ferait part de ses observations et livrerait ses premières conclusions avant la fin de la semaine.

Vu la façon dont se présentait la situation, samedi, vraisemblablement, il pourrait donner à Ossip la réponse qu'il attendait.

Comme Dimitri avait commandé une escadrille de ces sous-marins, il y avait trois ans, il les connaissait parfaitement. Il se chargerait de résoudre le problème de l'avitaillement, vivres et carburant, pour la longue traversée qui les attendait. A lui reviendrait aussi le choix de l'équipage car ses

67

commandements récents lui avait permis de rester en contact avec les sous-mariniers. Son choix serait décisif et il saurait s'entourer de personnes compétentes avec lesquelles il avait souvent noué des liens étroits et même parfois d'amitié. Car c'était bien d'amitié dont il fallait parler pour accepter de se lancer dans une telle aventure !

Ayant regagné son bureau sitôt leur conversation terminée, Dimitri, tira une feuille blanche du classeur posé sur son bureau métallique, tailla méticuleusement un crayon et se mit à réfléchir.

Il avait demandé à ce qu'on ne le dérange sous aucun prétexte sauf évidemment en cas d'urgence et si ses supérieurs hiérarchiques le demandaient instamment.

Tout comme Serguéï, il avait été stupéfait au premier abord par la proposition d'Ossip mais, comme son meilleur ami, il en était arrivé à la même conclusion. A savoir que cette opération était techniquement réalisable et que sur le plan moral « soustraire » un bâtiment de ce type à la Marine dans la situation actuelle, n'était pas plus répréhensible que ce que faisaient beaucoup de responsables militaires et politiques qui, quand ils en avaient la possibilité, ne se privaient pas de négocier ce qu'ils pouvaient, à très grande échelle !

Par ailleurs le vif ressentiment qu'il avait pour le Commandement de la Flotte et le manque de perspectives d'avenir une fois à la retraite, qui s'annonçait prochaine, avaient emporté sa décision.

C'est donc calmement, avec détermination qu'il commença à énumérer les problèmes, il y en avait deux : le navire et l'équipage et les solutions à apporter.

D'abord, le navire : son avis rejoignait celui de Sergueï avec lequel il en avait parlé brièvement. Un sous-marin du type Projekt 877 était, en effet, le meilleur choix : de par sa taille de soixante treize mètres, il faisait partie des « petits » sous-marins comparés aux Typhons qui mesuraient plus du double. Il serait plus facilement manœuvrable par un équipage restreint et surtout sa capacité à naviguer silencieusement était un atout majeur.

De plus il avait commandé le *Vologda* trois ans auparavant et il en connaissait parfaitement tous les détails. Le choix n'était donc pas très difficile et le *Kalouga* semblait en effet correspondre à ce qu'ils recherchaient.

En outre, il avait eu confirmation qu'il venait juste de sortir de révision des chantiers Chkwal où il était encore à quai car il devait effectuer une période d'essais qui aurait dû déjà être faite mais qui avait été reportée en janvier faute d'équipage disponible.

Il avait fait partie de la commission d'experts qui avaient visité le bateau en octobre.

Il décida, quand même de faire un saut sur place pour l'inspecter à son poste de mouillage.

Ensuite, le problème de l'équipage.

Il écarta tout de suite l'idée d'entraîner dans cette aventure des hommes encore en service. Que lui-même et Sergueï passent pour des voleurs et des renégats c'était un choix qu'ils assumaient, mais il n'était pas question de compromettre gravement pour le restant de leurs jours des hommes qu'ils respectaient et qui avaient encore une carrière devant eux.

D'ailleurs il n'aurait pas de difficultés majeures à recruter des sous-mariniers expérimentés qui avaient été mis en retraite anticipée, toujours en raison des restrictions de crédit. Il avait en tête plusieurs noms d'officiers et d'officiers mariniers très compétents qui rongeaient leur frein depuis plusieurs mois. L'idée de reprendre du service associée à celle d'un revenu aussi conséquent qu'inespéré, les intéresserait certainement.

Il fallait recruter en outre un troisième officier qui les aiderait à prendre le quart et surtout à maintenir constante la possibilité de veille au périscope, le cas échéant.

Seraient indispensables, en plus d'un officier mécanicien, deux barreurs, deux maîtres de central, deux maîtres mécano, un chef machine et son rondier, deux opérateurs communication et deux opérateurs SONAR. (6)

Avec eux deux, ils seraient quinze…

Un peu juste, mais comment faire autrement ?

Pour le troisième officier, il pensa immédiatement au lieutenant Solomatine, jeune et fougueux officier, plein de talents mais dont la carrière avait été brisée par son intempérance. Ses « cuites » tant à l'École qu'en escale étaient célèbres.

La vodka, ou tout autre bon alcool (il avait un penchant prononcé pour la Fine Champagne Napoléon !) le mettait dans une forme exceptionnelle que ses compagnons de bordée appréciaient.

Malheureusement, au décours d'une de ces soirées au cours de laquelle il avait bu encore plus que d'habitude, ivre mort au point de ne pas avoir pu rejoindre le bord, son sous-marin avait appareillé sans lui et il avait été considéré comme déserteur.

Sévèrement puni, il s'était vu condamner définitivement au service à terre et, cela encore, grâce à l'intervention d'un des ses oncles bien placé à l'Amirauté sans l'appui duquel il aurait été radié de la Marine.

Depuis, après une cure de désintoxication, il rongeait son frein dans les bureaux à remplir des tâches sans intérêt pour lui qui avait toujours rêvé de naviguer.

Il s'en était d'ailleurs ouvert à Dimitri qui l'aimait bien.

Un peu « tête brûlée », la proposition de rejoindre l'équipage félon lui plairait certainement, vu les sentiments qu'il nourrissait envers la hiérarchie… Bien encadré il devrait pouvoir faire l'affaire.

Il prendrait donc contact avec lui, c'était facile car son bureau était deux étages au dessous du sien, de même qu'avec les sous-mariniers qui avaient servi récemment sous ses ordres et qu'il savait où pouvoir les joindre.

Pour le PCNO (poste central navigation opération) :

-le premier maître Maximov, excellent maître de central qui serait chargé de recruter son alter ego ainsi que les deux barreurs,

-le maître principal Sokolov et son ami Andreïev, eux aussi très expérimentés, seraient les deux mécaniciens du tableau central, il pensait de même à Yuri Slavik, opérateur SONAR exceptionnel, une « oreille d'or » comme on disait dans le métier et aussi au petit Viktorov, très bon opérateur transmissions, récemment réformé pour cause de santé.

Pour la machine, aucun problème, ils la confieraient à Nikita Kalganov, officier mécanicien hors pair qui avait gagné ses quatre galons à l'ancienneté après des années passées dans la salle des machines de tous les types de sous-marins.

Avec l'aide de tous ceux-ci, qui se connaissaient bien, ils trouveraient sûrement les autres hommes de confiance, dont ils avaient besoin pour naviguer en toute sécurité.

Bien sûr, même si le travail était simplifié car ce n'était pas une mission conventionnelle et ils n'emportaient pas d'armement, faire naviguer dans de bonnes conditions de sécurité un sous-marin de soixante treize mètres, avec seulement une quinzaine d'hommes au lieu de la cinquantaine habituellement requise, demanderait des efforts particuliers et surtout une grande endurance.

Il bascula en arrière sur son fauteuil, croisa ses doigts sur sa nuque et regarda par la fenêtre la pâle lueur du jour qui baissait ; il n'était que 15 heures et il passa le reste de la journée à rechercher dans les fiches du personnel auxquelles il avait accès, les noms et les adresses des sous-mariniers auxquels il pensait.

Il tâcherait de les voir le soir même car ils habitaient tous dans un rayon d'une dizaine de kilomètres.

Il avait rendez-vous avec Sergueï pour un premier briefing le lendemain à midi.

En officier organisé et méfiant qu'il avait toujours été, il mémorisa rapidement toutes les notes qu'il avait prises et passa au broyeur de documents la feuille de papier.

Il savait où retrouver ses anciens subordonnés avec lesquels il avait conservé des liens d'amitié. Comme beaucoup de retraités de la Marine, ils étaient restés dans la région de Mourmansk. Le plus difficile serait de les convaincre que leurs familles devraient discrètement quitter leur quartier car avec tout l'argent qu'ils recevraient, il serait impossible de ne pas attirer l'attention par le changement de leur train de vie ; en effet, vingt mille dollars pour des gens habitués à vivre avec cent serait difficile à gérer. Enfin, cela serait leur problème. Hormis les mettre en garde, il resterait impuissant, faute de pouvoir se mettre à leur place.

Il savait qu'il avait des chances de les rencontrer au Cercle des Anciens de la Marine où ils se retrouvaient habituellement et qu'il connaissait pour y avoir été invité à de nombreux pots de départ.

Il quitta la base vers 17 heures avec sa Lada Niva de service.

Ne souhaitant pas les rencontrer devant tout le monde, il s'arrêta en chemin pour leur téléphoner au Cercle d'une cabine publique.

— Bonsoir, est-ce que Maximov ou Kalganov sont là ?

— Je vais les appeler, lui dit son interlocuteur

Après quelques minutes d'attente, pendant lesquelles il entendait le brouhaha de la salle il fut rassuré d'entendre la voix de Maximov.

— Allo !

— Maximov, c'est Dimitri Pavlovitch.

— Commandant, quelle bonne surprise, comment allez-vous ?

— Très bien Piotr, j'ai besoin de vous parler en privé ; savez-vous où est Kalganov ?

— Avec moi, en train de jouer aux échecs !

— Bon, terminez rapidement votre partie et sortez : je vous donne rendez-vous dans un quart d'heure sur le parking. Je serai dans une Lada grise à cent mètres sur la droite.

— Compris Commandant, à tout de suite : d'ailleurs Georg est presque mat !

Dimitri arriva dix minutes après, la circulation étant plus fluide qu'il ne le pensait. Les deux officiers mariniers étaient déjà dehors à l'attendre. Ils montèrent dans la voiture et Dimitri démarra en direction d'une petite place qu'il avait vue en passant et où il pourrait se garer pour parler discrètement. Une grande prudence était de mise. Les deux sous-mariniers attendaient sans mot dire que Dimitri commence à parler.

— Mes amis, leur dit-il en s'étant retourné vers eux pour mieux les voir dans la faible lumière que dispensaient les réverbères, j'ai besoin de vous. Êtes-vous d'accord pour reprendre du service ?

Les deux hommes se regardèrent interloqués.

— Enfin, je veux dire du service officieusement...
Il ne s'agit pas de vous réengager mais j'ai une
mission secrète à réaliser. Je vais vous expliquer.

Au fur et à mesure que Dimitri exposait le projet, les yeux des deux officiers mariniers
s'écarquillaient. Quand il eut fini, ils restèrent
quelques instants sans répondre.

Kalganov rompit le silence.

— Commandant, ce que vous proposez est tellement surprenant, surtout venant de votre part et de
celle de l'Amiral Klykov, que nous avons besoin de
réfléchir ; cela est très tentant, mais comme il y a
des risques, des dispositions sont à prendre pour
nos familles; d'autre part il faudra aussi arriver à
convaincre une dizaine d'amis sûrs : Pas si facile…

— Je comprends vos réticences, admit Dimitri
mais souvenez vous qu'il y a beaucoup d'argent à
la clé ce qui va vous permettre de vivre enfin dans
de très bonnes conditions. Ceci dit, sachez bien
qu'il n'est pas question que vous dépensiez une
telle somme dans l'immédiat. Vous devrez, pour
protéger votre famille, quitter la région discrètement, par exemple prétexter une visite à de loin-
tains cousins, pour ne pas éveiller de soupçons en
changeant brutalement votre train de vie. Posez-
vous toutes les questions, réfléchissez bien, prenez
contact avec des amis sûrs pour constituer notre
équipage. Je vous donne une liste des spécialités
qu'il nous faut avec les noms de ceux auxquels
nous avons pensé. Tout cela bien entendu le plus

discrètement possible car nous jouons tous une grosse partie. Vous savez ce qui nous attend si jamais cela parvient aux oreilles de qui vous savez ! Je vous demande une réponse ferme et définitive pour vendredi après-midi au plus tard. Je vous appellerai au Cercle vers 17 heures. Si vous êtes d'accord sur le principe, nous nous reverrons vendredi, ou même dès jeudi si possible, dans les mêmes conditions, pour que je puisse vous répondre sur des points de détail sur lesquels vous souhaiteriez avoir des précisions. Après quoi, si j'ai votre accord, notre sort sera scellé.

Les deux sous-mariniers descendirent de la voiture pour regagner le Cercle tandis que Dimitri redémarrait en direction de son appartement.

Ils rentreraient à pied et le temps qu'il leur faudrait pour arriver chez eux ne serait pas de trop pour réfléchir : ils avaient tous deux tellement de problèmes à résoudre !

Severomorsk, vendredi 15 Décembre 2000, 13 h.

Dimitri avait passé la matinée à revoir ses notes avant de les soumettre à Serguei.

Celui-ci était déjà au carré en attendant son ami à l'heure du repas ; ils s'assirent un peu à l'écart.

Aucun officier présent n'était étonné de les voir ensemble car on connaissait leur vieille amitié.

Seul le Chef du GRU, le service de renseignement militaire, le colonel Artelev, avait remarqué une fois de plus leur présence côte à côte. La surveillance des officiers faisait partie de ses attributions, aussi n'était-il pas aimé. Personne ne faisait attention à lui ni même ne l'approchait tant son comportement et sa compagnie étaient ressentis comme désagréables.

C'est donc d'un air détaché, en faisant semblant de plaisanter, qu'ils commencèrent leur entretien. Sergueï approuva d'emblée les choix de son ami, tant en ce qui concernait le bâtiment que l'équipage. Il mentionna aussi le nom d'un ancien spécialiste des communications que tous les deux connaissaient.

Avant de passer à table, ils convinrent d'un rendez-vous pour le lendemain soir car Sergueï devait repartir pour Saint-Pétersbourg par le dernier avion. Dimitri aurait le temps de lui communiquer la réponse des sous-mariniers et les résultats de sa visite à Poliarniy.

Ils ne se reverraient pas avant la rencontre décisive avec Ossip prévue le samedi après-midi.

Les grandes lignes du projet devraient avoir été arrêtées le lendemain au plus tard.

Le mercredi matin Dimitri prétextant un contrôle à faire sur le chantier N° 10 de Chkwal emprunta la navette qui reliait Severomorsk à Poliarniy. Le temps était maussade, comme toujours à cette période de l'année et les rafales d'un vent glacé, chargé de flocons, venaient se briser sur les vitres du bateau. Dans le ciel couleur d'ecchymose, on entendait le cri mélancolique des goélands argentés.

Arrivé au chantier, il se fit conduire directement au poste de mouillage des sous-marins conventionnels.

Il repéra facilement le *Kalouga* car la couche de neige qui recouvrait les bâtiments y était moins épaisse que les autres, signe que l'on avait travaillé dessus. Il donna des ordres pour que l'échelle de coupée soit mise en place et se dirigea vers la porte d'accès dans le massif. Tandis que les matelots s'affairaient, il vit arriver une Lada Niva de service que conduisait l'ingénieur Grouschenko.

— Bonjour Commandant, quel bon vent vous amène ?

— Bonjour Grouschenko, je viens vérifier si le *Kalouga* est en état de prendre la mer car les essais qui devaient être faits en novembre, auront lieu début janvier et je venais m'assurer que tout était en ordre

— Pas de problème, Commandant, tous les contrôles de maintenance ont été faits ainsi que les pleins de carburant et d'eau ; pour ce qui concerne l'avitaillement, vous voudrez bien m'indiquer le nombre exact de personnels et la durée des exercices.

— Équipage au complet, mentit effrontément Dimitri, pas d'armement, prévoyez deux périodes de quinze jours.

— A vos ordres, Commandant. Vous me remettrez les consignes écrites au moment du départ.

— Bien entendu, Grouschenko, comme d'habitude. Bonne fin d'année....

— Vous aussi, Commandant.

Rassuré par son inspection, il rentra à son bureau vers midi. Il y retournerait la veille du départ pour vérifier que tout aurait bien été exécuté.

8

Saint-Pétersbourg, samedi 16 décembre 2000.

La semaine était passée comme un éclair. Sergueï était serein.

De ses discussions avec Dimitri, il ressortait que l'opération s'avérait possible.

Car c'était bien d'une opération navale dont il fallait parler. De plus celle-ci comportait un risque supplémentaire par rapport à d'autres qu'ils avaient eu à monter. Ils auraient deux ennemis à affronter : l'OTAN, comme d'habitude et surtout la Marine russe toute entière qui ne manquerait pas de réagir vigoureusement. En effet, si la disparition du sous-marin n'était constatée que quelques jours après leur départ, même si les services de sécurité n'étaient plus ce qu'ils étaient, même si monter une opération de recherche prendrait quelque temps, de toute façon, à court ou moyen terme, ils auraient du monde sur le dos. La partie serait donc serrée.

D'ailleurs, il n'était même pas exclu que les Russes demandent la collaboration de l'OTAN dans les recherches. Cela s'était déjà vu...

Qu'avaient-ils comme atouts en mains pour cette partie ?

D'abord, l'effet de surprise. En choisissant bien la date de départ, il pourrait facilement gagner quelques jours avant que l'on découvre leur fuite. Cette période de l'année était propice, non seulement du fait de l'arrivée des fêtes du Nouvel An et de Noël, en janvier, mais encore, suite à la démission du Président Eltsine et à la nomination de Vladimir Poutine, comme chef du gouvernement, des élections étaient prévues en mars. Les Hauts Dignitaires du régime et les Russes, en général, auraient beaucoup d'autres préoccupations en tête.

Deuxièmement le choix du sous-marin : le *Kalouga*, bâtiment très silencieux à faible vitesse, semblait être adéquat. Mais cette discrétion avait un prix : la lenteur, car au-dessus de sept nœuds, il devenait bruyant et donc plus facilement repérable.

Après le départ, il devrait naviguer en plongée profonde à vitesse réduite pour passer la zone du Cap Nord où il y avait souvent des sous-marins de l'OTAN en patrouille, en plus du système par réseaux de SONAR passifs fixes, le SOSUS (8) du Cap Nord. Une fois dans la mer du Nord, deux routes étaient possibles:

La première passait par le Nord Ouest c'est-à-dire entre l'Écosse, l'Islande et le Groenland mais elle était très risquée car les fonds marins remontaient et ce passage appelé « GIUK gap » (7) était très surveillé.

De nombreux sous-marins russes en avaient fait l'expérience et très rares étaient ceux qui avaient pu le franchir incognito.

Restait donc la route vers le sud qui longeait les côtes de la Norvège et impliquait le passage par le

Pas-de-Calais et la Manche pour rejoindre ensuite directement les Açores. Dans ce cas, la seule solution pour éviter de se faire repérer était de se mettre dans le sillage d'un gros cargo, du genre porte container ou autre, semblable à ceux qui naviguaient entre Mourmansk et Rotterdam. À partir de Rotterdam, il serait plus facile de suivre un autre navire marchand qui empruntait la Manche jusqu'à l'entrée dans l'Atlantique. Mais la faible profondeur du Pas de Calais devait être prise en compte et la navigation serait dangereuse. Cependant, la discrétion acoustique d'un tel sous-marin en l'utilisant à une faible vitesse rendait le pari possible.

Le troisième atout était que, contrairement à l'habitude, les poursuivants ne connaissaient absolument rien de la destination ni des motifs de cette opération.

En effet, les missions pendant la guerre froide avaient un but précis, espionner les côtes américaines et européennes pour identifier les sous-marins hostiles qui voudraient s'approcher dans la mer de Barents des côtes soviétiques.

Ce n'était plus la priorité essentielle des patrouilles dans ce secteur, compte tenu de la politique défensive que les dirigeants russes avaient adoptée. Cette stratégie résultait, d'une part de la volonté affichée des Russes de concrétiser leur rapprochement avec les occidentaux et d'autre part aussi, il fallait bien l'admettre, du manque de moyens financiers pour mener à bien des missions lointaines.

Donc ils disposeraient d'une avance de cinq à six jours au mieux pour échapper à leurs poursuivants.

Un autre risque était l'approche, dans la deuxième partie de leur périple, des côtes de l'Europe, celles d'Espagne en particulier.

Dans l'autre plateau de la balance il y avait les avantages matériels conséquents qui avaient fait pencher le fléau vers une décision positive.

Les millions de dollars qui resteraient permettraient d'envisager l'avenir avec optimisme. De plus si cette opération réussissait, peut-être d'autres pourraient se faire par la suite avec, à la clé, d'autres revenus importants.

En outre, la pensée de cette aventure hors du commun, excitait beaucoup l'esprit de Sergueï et de Dimitri !

La décision d'accepter l'offre était donc prise et c'est avec entrain qu'il alla au rendez-vous fixé comme le précédent en bas de Nevski.

Le même gros 4x4 noir s'arrêta un instant pour lui permettre de monter. Dès que Sergueï fût assis, Ossip comprit aussitôt à sa mine réjouie qu'il était d'accord.

Il donna brièvement l'ordre au chauffeur de se diriger vers les bureaux. Il prit la direction de la

Neva mais cette fois-ci il tourna rapidement à droite sur le canal Moyki longeant le quai pendant un moment, tourna à droite sur Moshkov, puis subitement, freina pour tourner à gauche sous le porche d'un grand immeuble cossu, dont la grille en fer forgé avait été ouverte par un gardien à la taille imposante, du même acabit qu'Ossip ; la voiture s'immobilisa dans une vaste cour intérieure pavée de granite. Ossip qui pendant ce court trajet ne lui avait pas adressé la parole hormis quelques banalités d'usage, lui annonça qu'il allait rencontrer son patron avec lequel il discuterait des termes précis du contrat.

Ils se retrouvèrent tous les deux dans un grand salon à la hauteur de plafond démesurée, habituelle cependant dans ces anciens palais du XVIIIème siècle qui avaient abrité l'aristocratie tsariste. Maintenant, autre temps autre mœurs, c'était les « hommes d'affaires » qui se pavanaient dans ces superbes demeures grâce à l'argent provenant de tous les trafics illicites que permettait la corruption. Il y a quelques années, Sergueï se serait enfui en courant pour éviter cette peste. Mais aujourd'hui il se sentait plus à l'aise et tout compte fait, ces nouveaux occupants valaient bien les précédents de la cynique nomenklatura soviétique des années cinquante, de même que l'aristocratie tsariste enrichie par des siècles de servage. La roue tournait.

C'est donc dans ce salon, dont les fauteuils au design contemporain tranchaient avec bonheur sur les dorures du plafond et les lambris, qu'ils étaient assis, quand le patron d'Ossip entra.

Celui-ci se leva d'un bond, s'inclina dans une courbette révérencieuse et fit les présentations.

M. Oleg Fiodorovitch Alechine, (un « Premier Fidèle »), après avoir serré mollement la main de Sergueï, s'assit derrière un grand bureau de verre et d'acier. Il recula un peu son fauteuil Eames, croisant les jambes en mettant la cheville sur le genou opposé. C'était un homme de cinquante ans environ, de taille moyenne, aux cheveux blonds soigneusement peignés, au visage fin, élégamment vêtu d'un costume sombre d'excellente coupe, avec une cravate dont le prix devait sûrement correspondre au salaire hebdomadaire d'un ouvrier ! Avant d'être coopté dans la Kazanskaya, branche pétersbourgeoise de la Bratva, (appellation russe de la Mafia) il avait été surement un « teneviki », un homme d'affaire peu scrupuleux tel qu'il en avait tant fleuri depuis la Perestroïka.

Derrière ses fines lunettes en or, ses yeux gris bleu acier regardaient avec une attention mêlée de curiosité cet Amiral de la Flotte du Nord.

C'est lui qui avait eu l'idée d'utiliser un sous-marin car le transport par cargo ou autre bâtiment de surface était devenu difficile en raison des contrôles de plus en plus fréquents et efficaces exercés par les Marines de différents pays.

Confortablement assis dans son fauteuil de direction, face à Sergueï, Ossip à sa gauche, Oleg avec un grand sourire d'homme du monde dont il avait l'allure, lui dit d'une voix chaude, presque amicale :

— Amiral, je vous souhaite la bienvenue dans les bureaux de l'O.B.K. Souhaitez-vous boire quelque chose, un thé, une vodka ?

— D'abord du thé, répondit Sergueï avec un sourire un peu crispé.

Ossip se leva pour appeler le service. En attendant l'arrivée des boissons, Oleg de la même voix chaude aux accents légèrement chantants, qui traduisait ses ascendances géorgiennes, leur parla des activités de son consortium d'import-export de matières premières, de matériel industriel et autres. C'était la façade habituelle des organismes mafieux.

Un imposant valet de type asiatique, vraisemblablement un sibérien, entra silencieusement, posa le plateau et fit le service.

Un silence feutré s'était installé que seul le léger bruit des tasses troublait.

Oleg but une gorgée, posa la sienne devant lui sur le bureau, bascula légèrement en arrière sur son dossier en plantant son regard dans celui de Sergueï.

— Mon Cher Amiral, dit-il, votre présence ici signifie que vous acceptez nos propositions, n'est-ce pas ?

— Tout à fait d'accord sur le principe, reprit Sergueï, cependant quelques points restent à préciser.

— Nous verrons les détails par la suite, répondit Oleg, mais je tiens à vous prévenir qu'à partir de cet instant nous sommes liés par un contrat dont l'issue ne comporte que deux solutions : son succès ou l'échec qui, sauf en cas de force majeure, aurait les plus fâcheuses conséquences pour vous, votre famille et vos associés. Sommes-nous bien d'accord ?

— C'est ce que j'ai bien compris depuis le début, répondit Sergueï, d'une voix qui se voulait assurée mais dans laquelle, ceux qui le connaissaient bien auraient pu déceler une certaine émotion.

En effet, même s'il s'était préparé psychologiquement à affronter ce ponte de la mafia, il n'en demeurait pas moins, qu'à ce moment précis de sa vie qui était sur le point de basculer, il faisait de gros efforts pour rester serein.

Le pas qu'il venait de franchir à cet instant était décisif et il était tout à fait conscient que rien ne serait plus jamais comme avant.

Sa décision avait été prise en parfaite connaissance de cause. Enfin l'opportunité de quitter ce pays dont il avait parfois rêvé, s'offrait à lui.

Il n'avait plus rien à perdre et la colère sourde qui couvait toujours en lui depuis la mort de son fils justifiait amplement son choix.

Il avala sa salive et une gorgée de thé (finalement il aurait bien aimé une vodka à la place !) et commença à énumérer mentalement les conditions particulières.

— Alors, mon Cher Amiral, nous vous écoutons.

— Monsieur Alechine, reprit Sergueï, vous connaissez le prix d'un navire comme celui dont je vais m'emparer qui avoisine les trois cent millions de dollars. Son entretien sera coûteux et difficile. Donc aux dix millions de dollars dont m'a parlé Ossip, il faudra rajouter les frais de maintenance pendant toute la durée de son utilisation.

— C'est entendu, Cher Amiral.

— Ce point éclairci, l'autre problème qui me tient particulièrement à cœur, vous vous en doutez bien, est celui de ma sécurité, celle de ma famille et aussi de tous les hommes qui prendront part à cette opération.

— Cela va de soi répondit Oleg, mais précisez moi ce que vous attendez de nous.

— Simplement que vous assuriez le rapatriement des hommes qui le demanderont dès notre retour en Amérique du Sud et leur protection une fois qu'ils seront revenus dans le pays qu'ils auront choisi.

— Je ne peux m'engager totalement sur ce point mais sachez que tout sera fait pour le mieux. Notre intérêt rejoint le votre car l'opération suivante, nous en avons prévu plusieurs en cas de succès, nécessitera bien évidemment leur présence. J'ai bien compris que vous souhaitiez envoyer votre famille aux Caraïbes pour la mettre à l'abri des poursuites dont vous ferez certainement l'objet. Vous connaissez assez les services de sécurité de notre pays pour savoir qu'ils ne vous lâcheront pas ! Quant à la sécurité de votre famille, elle sera d'autant plus facile à assurer quand elle aura quitté Cuba. Elle ira le plus tôt possible à La Grenade ou la Jamaïque ou au Venezuela où nous serons bien plus à l'aise pour vous protéger. Notre réseau fera tout son possible, bien entendu, pour retarder, ici, la mise en œuvre et la poursuite des recherches.

— Ces réponses vous satisfont-elles ? demanda Oleg

— Tout à fait, répondit Sergueï dont la voix était maintenant redevenue claire.

— Ossip a préparé pour vous une mallette qui contient la somme convenue à titre d'avance. Par la suite, la moitié sera remise à votre famille dès qu'elle sera en sécurité aux Antilles ou au Venezuela, le solde à votre retour d'Espagne. Je vous souhaite donc bonne chance, Amiral et j'espère que tout se passera pour le mieux. Nous nous reverrons peut-être sous d'autres cieux, qui sait ?

— Merci de votre aide, surtout pour ma famille et mes amis : pouvoir compter sur vous me permettra de me consacrer exclusivement à ma tâche…

— Vous pouvez absolument avoir confiance en moi pour tenir nos engagements. Nos intérêts sont communs.

Oleg Alechine se leva et vint serrer la main de Sergueï qui sembla sentir dans la vigueur de sa poigne, un témoignage de sincérité.

Il regagna la voiture et demanda cette fois à Ossip de le conduire à son domicile ; c'était plus prudent, avec sa mallette bourrée de dollars !

9

Severomorsk, vendredi 29 décembre 2000, 18 h.

Depuis son dernier entretien avec Oleg Alechine, il n'avait pas vu le temps passer, tant il avait
eu avec Dimitri, de problèmes à résoudre.

Maintenant que tout était pratiquement réglé, le
compte à rebours avait commencé.

Encore quelques heures et la page serait définitivement tournée. Sergueï, à la lumière de la lampe
de son bureau repassait dans sa tête les différentes
phases de l'opération. Il avait été habitué au cours
de sa carrière, pour chaque mission, à bien antici-
per tous les problèmes et les solutions à envisager.
Mais ce soir la sérénité qui d'habitude lui permettait de réfléchir posément, lui faisait défaut. Cette
opération ne différait pas beaucoup des autres qu'il
avait eu à effectuer si ce n'est sa finalité. Mais cette
fois, il partait pour ne plus jamais revenir dans son
pays. Il entraînait aussi dans cette aventure des
hommes qu'il affectionnait tout particulièrement.
Non pas que précédemment le sort de ses marins
n'avait pas été pas une préoccupation de tous les
instants, mais, bien qu'il n'y ait en fait beaucoup
moins de danger venant d'un ennemi, enfin le pen-
sait-il, leur sort et leur avenir dépendait entièrement
de lui et de ses choix.

Ils étaient certes tous volontaires, mais leur vie
qu'ils lui avaient confiée, dépendait de facteurs
qu'il ne maîtrisait pas entièrement. Il avait mis un

maximum de chances de leur côté mais comme d'habitude tout pouvait arriver, un grain de sable pouvait, à tout moment enrayer cette machine aussi bien huilée soit-elle.

Il eut une pensée pour Tania, la dernière embrassade aussi avec Paul, les ultimes recommandations de prudence et de courage qu'il leur avait prodiguées, le petit signe de la main aperçu de la fenêtre de leur appartement... Tout ça, il tâcha de l'oublier pour le moment car il avait besoin de toute sa concentration.

Il rangea ses derniers papiers, consulta une dernière fois le bulletin météo des prévisions des jours à venir qui étaient correctes jusqu'au 2 janvier. Il regarda l'heure à sa montre : il était 17 h 30.

Il était à l'heure.

Il prit son sac de voyage et sa mallette qui contenait son passeport et 10.000$ dans une pochette en plastique, regarda une dernière fois son bureau, éteignit la lumière et sortit en fermant la porte à clef derrière lui, comme d'habitude.

Depuis près d'une heure, Kotia attendait son patron dans la ZIL officielle devant le perron du bâtiment de commandement de la base. De temps à autres il mettait le moteur en marche pour avoir un peu de chauffage. Il était nerveux. Ce vendredi soir n'était pas comme les autres où il se contentait de conduire l'Amiral à l'aéroport prendre le dernier avion pour Saint-Pétersbourg. Il savait que sa vie allait aussi basculer et que dans quelques heures rien ne serait plus comme avant. Il avait longtemps hésité à suivre la proposition de son patron mais comment aurait-il pu lui refuser ?

Sergueï Nikolaïevitch Klykov était pour lui comme un père. Ne l'avait-t-il pas, une première fois, sauvé de la prison et de son exclusion de l'armée ? Il se souvenait de l'attitude de l'Amiral lors de son procès en cour martiale devant laquelle il avait comparu pour avoir, un soir de beuverie dans un bar de Mourmansk, blessé un officier, aussi éméché que lui, qui l'avait insulté et frappé le premier. Grâce à l'Amiral, il n'avait écopé que de trois mois de cellule et de sa révocation des Spetsnaz, les commandos d'élite.

C'est encore Sergueï qui l'avait recueilli et pris comme chauffeur. Mais la plus grande reconnaissance envers l'Amiral, qui le liait à lui à tout jamais, avait été son intervention pour faire admettre Natacha à l'hôpital des officiers quand elle avait eu son hémorragie pendant sa grossesse. Certes les chirurgiens n'avaient pas pu la sauver mais elle était partie dans la sérénité et la paix de Dieu. Sans l'appui de Sergueï qui avait envoyé une ambulance en pleine nuit à son domicile, Natacha serait morte dans d'atroces souffrances. Il revoyait encore Sergueï au moment de la mise en bière de sa chère femme, auprès de lui, tenant sa main comme son père l'aurait fait s'il avait été de ce monde. Et puis aussi il avait apprécié cette marque de confiance de lui proposer d'accompagner et de protéger Tania et Paul pendant leur voyage qui était en fait un départ en exil, certes volontaire et qu'il allait partager.

Il sortit de la voiture pour faire quelques pas et surtout aller pisser car les dernières bières de la fin de l'après midi distendaient sa vessie. Comme il s'apprêtait à revenir vers la voiture ayant contourné le bâtiment pour chercher un endroit discret, il aperçut une ombre qui se glissait furtivement vers l'autre angle, penché en avant, comme pour se cacher.

Cette silhouette lui rappelait quelqu'un mais dans la nuit il n'arrivait pas à savoir qui. L'homme s'arrêta. Au coin du bâtiment, un gros projecteur haut placé jetait une lumière blafarde sur la scène. L'homme qui s'était accroupi dans l'ombre se redressa et regarda derrière lui pour vérifier qu'il n'était pas suivi. Un quart de seconde, son visage, bien que faiblement éclairé, apparu aux yeux de Kotia. Tout de suite il reconnut l'homme et sut à qui il avait affaire. C'était le chef de la sécurité militaire (le G.R.U) de la base navale, le Colonel Artelev, celui-là même qui l'avait chargé lors de son procès. Au bout de son bras, la masse sombre d'un pistolet luisait dans la nuit. Il comprit tout de suite qu'il en voulait à l'Amiral. En effet, Sergueï lui avait fait la confidence, il y avait quelques temps, qu'il se sentait surveillé. À coup sûr, Artelev allait tenter de nuire à Sergueï. Devinant qu'il attendait de voir sortir l'Amiral du bâtiment, Kotia fit rapidement demi-tour et en courant silencieux comme un chat fit le tour de l'immeuble.

Il s'approcha silencieusement, comme on le lui avait appris dans les commandos.

Devant lui, Artelev à moins d'un mètre maintenant, surveillait le perron.

Sentant une présence, il se retourna et vit Kotia.

Le Chef du GRU n'eut pas le temps de réaliser qu'il avait quelqu'un en face de lui que le terrible poing de Kotia l'atteignit au menton ; le choc fut si violent qu'il partit en arrière et lâcha son pistolet qui glissa sur la chaussée. Il essaya de se relever mais cent kilos d'os et de muscles étaient déjà sur lui ; Kotia l'ayant prestement assis lui fit violemment pivoter la tête en lui brisant les cervicales. La scène n'avait pas duré plus de trente secondes. Il se releva, vérifia autour de lui que personne ne les avait vus et traîna le corps pour le mettre dans le coffre de la voiture. Il alla récupérer l'arme et la fourra dans sa poche. Il retourna s'asseoir sur son siège pour reprendre son souffle et ses esprits.

Quelques minutes plus tard, l'Amiral sortit sur le perron et après avoir jeté un coup d'œil des deux côtés, monta à l'arrière de la voiture. Kotia restait silencieux alors que d'habitude il le saluait avec entrain.

— Alors, tu as perdu ta langue ce soir ?

Kotia émis un grognement car il ne savait pas comment raconter ce qui venait de se passer.

— Qu'est ce qu'il se passe ? Interrogea Serguei, un peu anxieux,

Kotia se retourna vers l'Amiral et lui fit le récit, détaillé des événements qui venaient d'avoir lieu.

Quand il eut fini, Serguei fit une moue dédaigneuse en pensant qu'Artelev avait bien mérité cette fin, lui qui n'avait toute sa vie pensé qu'à brimer les hommes.

En effet, brillant élève de l'École polytechnique de Kiev, Artelev avait suivi les cours de l'Institut Dzerjinski à Moscou pour devenir officier du KGB. Il s'était fait remarquer pour ses très bons résultats dans la chasse aux intellectuels dissidents au sein du département 5, à l'époque organisé par Yuri Andropov. Il avait quitté le KGB à la suite de son démantèlement après la Perestroïka, en 1991. Au FSB qui lui avait succédé, Artelev ne pouvant plus bénéficier de ses appuis politiques, le GRU, l'avait alors recruté, tout content de récupérer un officier de grande valeur.

Parachuté dans la Marine, où il n'avait aucune connaissance, il s'était alors mis à faire du zèle pour gagner l'estime de ses supérieurs. Peine perdue, non seulement il n'avait pas réussi à s'intégrer, mais encore, il s'était mis à dos l'ensemble des officiers. Son acharnement à trouver partout des traîtres depuis ces huit années passées, l'avait fait honnir de l'ensemble des personnels.

Le patron des Spetsnaz même, le Général Korabelnikov l'avait désavoué dans plusieurs affaires qui s'étaient révélées montées de toutes pièces.

Ce ne serait donc pas une grande perte pour la Russie.

Kotia accéléra doucement et la Zil commença à glisser silencieusement sur la chaussée légèrement verglacée. Ce n'est qu'après la sortie de la base où les sentinelles s'étaient mises au garde-à-vous au passage de la voiture qu'ils savaient être celle de l'Amiral, qu'ils furent soulagés.

Sergueï sentit une bouffée de chaleur lui monter au visage, résultat du stress que ce fâcheux incident avait provoqué. Ainsi donc, il était bien surveillé. Jusqu'à quel point l'enquête d'Artelev était elle arrivée ? Avait-il mis au courant d'autres de ses collaborateurs ? Le projet était-il éventé ? Quoi qu'il en soit, il était trop tard pour faire marche arrière mais il fallait cependant redoubler de prudence.

Il eut qu'une brève pensée pour Tania et Paul et imagina quelques instants les agents du F. S. B. qui pénétraient chez lui pour les arrêter. Il chassa cette pensée négative pour ne plus se concentrer que sur l'action.

Kotia, au lieu de continuer vers l'aéroport situé au sud, prit la direction du nord sur la route qui menait vers le lac Démanchiez. C'était de là que Sergueï avait décidé de partir pour rejoindre Poliarniy où le *Kalouga* l'attendait.

Il avait choisi cet endroit isolé, au bout d'une piste tortueuse qui, du fait de son éloignement relatif de la Base navale, en dehors des accès habituels, avait l'avantage d'être plus discret.

Cette route, déserte à cette heure, qu'ils devaient prendre sur une douzaine de kilomètres se terminant par une mauvaise piste enneigée, glacée par endroit, serait probablement difficile.

Prévoyant, Sergueï avait dit à Kotia de prendre la Lada Niva de service qui serait plus adaptée pour ce trajet. En effet, il ne voulait pas prendre le risque de se mettre en difficulté à ce moment capital.

Kotia avait donc garé son petit 4X4 derrière de vieux bâtiments abandonnés, près du lac Sapriera.

Ils changèrent rapidement de voiture et Sergueï monta à côté de son fidèle chauffeur.

Effectivement, après trois kilomètres, la piste tortueuse devint très glissante. Kotia avait l'habitude des mauvaises routes en hiver ; il conduisait prudemment sur la neige glacée et la petite Lada était très à l'aise.

L'Amiral lui avait dit qu'il n'y avait qu'une demi-heure de trajet à faire, autant ne pas prendre de risque.

Sergueï lui demanda de ralentir, car ils devaient bifurquer à gauche sur un plus petit chemin, peu visible, repérable à seulement quelques traces de pneus.

Cette piste étroite menait directement à la mer, au bord de la baie de Srednya.

Bientôt apparu dans les phares, en contrebas de la piste, la petite cabane de bois, utilisé par les pêcheurs à la belle saison, et qui était leur point de rendez-vous.

Kotia fit demi-tour, prêt à repartir rapidement en cas de pépin. Dans son rétroviseur, il vit dans la nuit briller trois éclats lumineux d'un signal convenu. Sergueï enfila sa tenue de quart que Kotia lui avait préparée et descendit de la voiture avec ses affaires ; il y serra affectueusement la main de Kotia et ne put s'empêcher de lui dire une phrase qu'il savait superflue :

— Prend bien soin d'eux…

Kotia ému, la gorge nouée, ne put rien répondre. Il regarda s'éloigner son patron qui descendit lestement la trentaine de mètres rejoindre l'homme, chaudement vêtu qui l'attendait à bord du canot pneumatique.

Quand le reverrait-il ? Il crut voir, dans la pénombre Sergueï qu'il lui adressait un dernier signe de la main. L'embarcation s'éloigna dans la nuit dans le léger ronronnement du moteur.

Il était 18 h, ils n'avaient mis qu'une demi-heure pour faire le trajet, comme prévu.

Il remonta en voiture et prit la direction inverse et abandonna la Lada au même endroit où ils l'avaient prise. Avant qu'on ne la retrouve dans ce coin désert…!

Il lui restait à se débarrasser du cadavre d'Artelev. Il arrêta la Zil à dix kilomètres environ de Severomorsk. À cet endroit, la route passait sur le pont de la rivière Séchai, gelée depuis plusieurs semaines ; il vida les poches du Colonel, mit le cadavre sur son dos et le projeta une vingtaine de mètres en contrebas sur la glace qui se rompit sous le poids. Avec sa torche, il s'assura que le corps coulait ; il jeta loin ensuite le pistolet après avoir soigneusement essuyé ses empreintes.

Le lendemain matin la glace se serait reformée et la disparition du chef du G.R.U de Severomorsk ne serait élucidée, si elle l'était un jour, qu'au dégel.

Sa montre indiquait 18 h 25, il lui restait une bonne heure pour aller prendre son vol à Mourmansk pour Saint-Pétersbourg, qui décollait en principe à 20 h. Il avait pris avec lui des vêtements civils qu'il passa rapidement. Quarante minutes après, il arriva à l'aéroport et il laissa la Zil sur le parking officiel ; son billet et sa permission en poche, il fila à pied rejoindre le hall de départ.

Ce n'est qu'une fois assis sur son siège à l'arrière du Tupolev qu'il se décontracta. C'était aussi pour lui le début d'une grande aventure…

Il arriva à Pulkovo à l'heure prévue, prit un taxi qui le déposa à la station Gostiniydvor, au bas de Nevski et de là il prit le Métro pour descendre à la station Petrogradskaïa, à cinq minutes de l'appartement des Klykov.

Il était presque minuit quand Tania lui ouvrit la porte.

*

Assis à l'avant du Zodiac, Sergueï, bien que chaudement vêtu, frémissait dans le froid de la nuit. Au loin, droit devant eux, il apercevait les lumières de Poliarniy. Le marin qui était un des deux hommes de barre de l'équipage, avait mis les gaz à fond et à cette allure les six milles qui les séparaient de la côte ouest du fjord de Mourmansk furent vite franchis. Sur leur droite, à dix nautiques en aval du fjord, les feux de navigation d'un gros porte-conteneurs qui rentrait au port de Mourmansk, étaient visibles. Aucune chance qu'ils soient repérés tous feux éteints et au ras de l'eau. Il ne craignait pas plus les guetteurs du sémaphore de l'entrée de la baie de Youba qui étaient, à cette heure, surement devant leur télé, sûrement déjà bien imbibés!

En approchant de la côte, l'homme décéléra et le Zodiac avança plus silencieusement le long du rivage.

Après avoir contourné la pointe de Kiseljak, il ralentit encore, longeant le bord du rivage pour se diriger vers le chantier naval numéro 10. Sergueï aurait eu quelque mal à situer exactement l'emplacement du sous-marin mais comme l'homme connaissait bien le trajet, il pouvait lui faire confiance. Encore une fois il pensa à la remarquable organisation qu'il devait à Dimitri.

En effet quelques minutes plus tard ils contournaient le môle d'entrée est, moteur au ralenti, puis ils remontaient passant devant plusieurs sous-marins au mouillage. Sur les quais, des bâtiments qui abritaient les ateliers et les magasins se devinaient dans la nuit.

Il arrêta le Zodiac contre la coque de l'un deux, amarré sur tribord, au ponton. Rien ne le distinguait des autres si ce n'est qu'il n'était recouvert que d'une faible épaisseur de neige et qu'une échelle métallique accrochée sur bâbord à l'aplomb du massif. La manœuvre d'accostage avait été impeccable : tout en tenant l'échelle de la main gauche pour stabiliser le Zodiac, le matelot frappa trois petits coups avec une manille sur la coque. Aussitôt la porte s'ouvrit et une silhouette que Sergueï reconnut comme être celle de Dimitri, apparu sur le pont. Sergueï s'agrippa à l'échelle de sa main libre et gravit prestement les quelques marches en haut desquelles la main de Dimitri était tendue. Les deux hommes se donnèrent une accolade et rentrèrent rapidement à l'intérieur du sous-marin, suivis par le pilote du Zodiac.

— Bonsoir Dimitri. Tout va bien ?

— Parfait, tu es bien à l'heure. La traversée s'est bien passée ?

— Sans problème, mais on a eu un petit ennui à mon départ du bureau. Je te raconterai…

Déjà un homme d'équipage avait relevé l'échelle et verrouillé l'écoutille.

Il était 21 heures ce vendredi 29 décembre.

La dernière grande aventure de sa vie commençait.

La météo était assez bonne pour cette fin décembre ; un coup de vent était annoncé sur la mer de Barents pour le surlendemain. D'ici là, ils seraient loin.

*

Sergueï et Dimitri s'étaient concerté de nombreuses fois à propos de la route à suivre pour atteindre le Venezuela.

La première, bien que plus courte de 250 milles, par le « GIUK » ayant été éliminée, ils avaient donc retenu la deuxième, mais se posait le problème de suivre un autre navire de très près pour éviter d'être facilement repérable lors de la phase de navigation au schnorchel.

La possibilité de se mettre dans le sillage d'un gros navire porte conteneurs par exemple, était aléatoire et il y avait danger à suivre, à son insu, un tel bâtiment.

De là avait germé l'idée de suivre un bateau « ami » ou mieux, de s'intercaler entre deux bâtiments.

Ayant pensé à un gros chalutier de grande pêche et s'en étant ouvert à Oleg, Sergueï n'avait eu à attendre que quelques jours pour que celui-ci le rappelle pour lui annoncer qu'il avait trouvé la solution.

Un gros navire usine de 3.600 t, de 95 m de long, le *Svart Mäke* appartenant à une compagnie de pêche dont il était actionnaire serait disponible. De même, un chalutier hauturier, plus petit, le *Skarv*, serait présent pour naviguer en arrière du sous-marin. Cela permettrait ainsi de brouiller plus efficacement sa signature acoustique et les émissions d'échappement lors de phases de navigation au schnorchel.

Après s'être enquis des caractéristiques du bâtiment, de ses performances et aussi de la compétence de son commandant, Sergueï avait donné son accord.

Le point de rencontre serait situé au large des côtes nord de la Norvège et les trois navires ferraient route de conserve jusqu'à la sortie de la Manche.

Le sous-marin ainsi se mettrait au schnorchel le moins souvent possible, de préférence la nuit, en naviguant au plus près dans le sillage du navire-usine, et précédant le chalutier. Ainsi les risques de se faire repérer par les systèmes sophistiqués USD dont les satellites repéraient les sous-marins dès qu'il se mettait en immersion périscopique pour recharger leurs batteries, serait pratiquement nul.

Encore fallait-il que le commandant soit un homme d'expérience car le risque majeur était, bien entendu, l'abordage entre les deux navires. Particulièrement dans le Pas-de-Calais où la circulation était très dense et dangereuse. En outre, la navigation le long des côtes britanniques serait délicate ; en effet, la base navale de Devonport à Plymouth équipée des plus récents systèmes de détection sous-marine passive, surveillait en permanence et très attentivement tous les mouvements des navires passant devant la Base, en particulier les sous-marins.

Oleg avait vanté les qualités du capitaine et pour plus de sûreté, il irait lui même à bord expliquer ce qu'on attendait de lui.

Il y aurait environ trois cent milles à parcourir prudemment et c'est là qu'il fallait exploiter à fond les performances de discrétion du *Kalouga*.

En navigant à moins de sept nœuds, il leur faudrait environ cinq jours pour atteindre le Cap Lizzard à partir duquel le risque de se faire repérer était bien moindre.

Une fois dans l'Atlantique, après un ravitaillement en fioul, en eau et vivres effectué de nuit, le sous-marin pourrait gagner les côtes sud américaines en une vingtaine de jours. Les probabilités d'être détecté pendant les périodes de navigation au schnorchel dans l'Atlantique tropical, étaient très réduites.

Il y avait quand même près de 5.500 milles qui les séparaient de leur rendez-vous au large du Venezuela !

10

Kirkenes (Norvège), décembre 2000

Le capitaine Vladimir Petrovitch Tchirikov, en quittant le bord de son navire par l'échelle de coupée, jeta un dernier coup d'œil sur son beau bateau qui brillait de tous ses feux dans la nuit polaire. Il en était fier. Le *Svart Mäke* était un magnifique navire usine qui avait coûté près de cinquante millions de dollars. Pour des raisons de taxes douanières et d'exploitation, la compagnie russe de pêche hauturière M.K.T avait basé ses navires en Norvège, dans le port de Kirkenes, à quelques kilomètres de la frontière russe.

Il était à quai, son poste étant un peu à l'écart des vieux chalutiers russes, pas très loin des beaux bateaux de croisières de l'Express Côtier de l'Hurtigruten, dont le superbe MS Polarlys qui était arrivé la veille.

Une fois sur le quai, recouvert d'une épaisse couche de neige glacée, il se dirigea prudemment vers un gros 4X4 Mercedes qui l'attendait. Il avait été prévenu de cette visite la veille. Le chauffeur descendit et lui ouvrit la porte arrière de la voiture et resta planté là, dans la nuit froide.

Vladimir s'assit et reconnu dans la pénombre Andreï Alexeïevitch Gourov, son patron russe qu'il n'avait d'ailleurs vu qu'une seule fois lors du baptême du *Svart Mäke*.

— Bonsoir capitaine, lui dit celui-ci, sur un ton amical.

— Bonsoir Monsieur Gourov, bredouilla-t-il, un peu impressionné par la stature du personnage.

— Ne soyez pas fâché de cette façon de vous rencontrer, mais je voulais vous parler discrètement. Je sais que vous êtes le meilleur commandant de notre flottille et c'est pourquoi j'ai pensé à vous pour une campagne un peu particulière. Oh, soyez rassuré, cela sera sans danger, enfin, pas plus que d'habitude...

Vladimir, un peu étonné, ne répondit rien, attendant la suite.

Son patron enchaîna :

— Venons-en au fait : notre principal actionnaire a souhaité utiliser votre bateau à des fins personnelles. Vous vous doutez bien que je n'ai pas pu lui refuser ! Donc, fin décembre, la date précise vous sera communiquée en temps opportun, il viendra à passer quelques temps à bord, une ou deux semaines au plus. Ce ne sera pas pour pêcher mais pour une navigation si j'ose dire, de « plaisance » compte tenu de la saison. Il embarquera avec un ami et vous devrez suivre ses consignes à la lettre, sous peine de graves désagréments, si vous voyez ce que je veux dire....

En effet, Vladimir voyait très bien. À 50 ans passés, il avait connu les affres du régime soviétique et les privilèges de la Nomenklatura, qu'il ne fallait surtout pas mécontenter. Les privilégiés avaient changé mais les consignes de prudence et d'obéissance étaient les mêmes.

Andreï Gourov reprit :

— Je vous donnerai des instructions écrites pour vous couvrir ; j'exige simplement que nos amis soient bien accueillis, en hôtes de marque. Votre coopération efficace et discrète sera appréciée et récompensée par notre direction générale.

Vous embarquerez avec un équipage restreint qui ne s'occupera que de la bonne marche du bateau. Vous mettrez en congé les autres membres d'équipage pour la fin de l'année, ce sera le cadeau de la direction. Votre campagne d'automne est maintenant terminée, faites toutes les opérations de maintenance nécessaires et tenez-vous prêt à prendre la mer fin décembre.

Vous aurez des instructions ultérieurement, pour la suite de votre navigation.

De plus, je compte sur vous pour vous assurer aussi les services d'un des patrons de chalutier hauturier, comme le *Skarv* par exemple.

Il faudra qu'il vous suive à faible distance. Prenez toutes les dispositions nécessaires.

Vous et votre équipage recevrez une bonne récompense, si tout se passe bien.

— Au revoir, cher Capitaine et rappelez-vous bien que nous comptons sur votre discrétion absolue. Sommes-nous bien d'accord ?

Vladimir acquiesçant d'un signe de tête, répondit :

— Parfaitement, Monsieur.

Il marmonna un rapide « au revoir », ouvrit la portière et se retrouva sur le quai pendant que le chauffeur, qui attendait dehors reprît sa place ; la grosse voiture démarra silencieusement et disparût dans l'obscurité.

Il regagna sa vieille Lada Niva qui l'attendait sous une grue du port, en marchant lentement, préoccupé quand même par l'objet de cet entretien. Il soupçonna tout de suite quelque chose de pas très orthodoxe, mais son expérience lui avait appris à ne pas se poser trop de questions.

Et puis la pensée d'une prime conséquente abrégea ses hésitations…

Après tout, on ne lui demandait rien d'extraordinaire et il suffirait de mener à bien cette « croisière hivernale » comme il l'avait déjà fait de nombreuses fois dans d'autres circonstances, plus professionnelles.

Le lendemain, il appellerait son second pour faire le point en vue de la préparation du *Svart Mäke*, ainsi que le patron du *Skarv*.

La Lada fit demi-tour et se dirigea vers le quartier de Prestoya où il louait une coquette petite maison de bois, typiquement norvégienne, comme d'autres familles de marins russes.

Le capitaine Tchouïkov faisait partie des cinq cent russes environ qui s'étaient établis à Kirkenes en Norvège, à quinze kilomètres de la Russie, pour mettre en pratique les nouvelles relations commerciales mises en place entre les pays limitrophes de la mer de Barents (Conseil de Barents).

Après avoir bourlingué pendant des années comme matelot, puis bosco, puis second et enfin patron de chalutier, il avait accepté sans regret de quitter Mourmansk pour venir s'installer en Norvège avec sa famille. De plus on lui avait donné le commandement d'une des plus belles unités de la flottille de pêche russe dont la coque avait été fabriquée à Arkhangelsk puis armée dans les chantiers de Kirkenes avec les technologies les plus modernes. Avec ses 3600 t, il pouvait partir en mer, en toute sécurité, pour des campagnes de pêche de plusieurs mois ; la saison qui venait de se terminer avait été dure mais lui avait déjà rapporté une jolie somme, de même qu'à l'équipage.

De plus, la vie en Norvège, même à deux pas de la Russie s'avérait bien plus agréable qu'à Mourmansk. Sa famille s'était bien intégrée grâce aux efforts consentis par les Norvégiens. Ils avaient même poussé la courtoisie jusqu'à écrire le nom des rues en caractères cyrilliques. Il tenait donc à conserver à tout prix ces avantages matériels et pensait bien demeurer en Norvège pour prendre une retraite agréable avec le pécule qu'il avait amassé.

Un autre côté positif était que cette croisière représentait une diversion de quelques semaines qui ne lui déplaisait pas. Il serait temps de voir, à la fin de cette « mission » de quoi serait fait l'avenir. Normalement, il était prévu de retourner au large des côtes mauritaniennes et sénégalaises dès le printemps. … Enfin, il verrait bien. Chaque chose en son temps !

Andreï Gourov lui avait bien parlé d'une « croisière » vers le sud mais il en ignorait le but et la destination finale. Même s'il avait compris que ses hôtes seraient des gens « à part », il ne se posait pas de question. Le seul inconvénient était qu'il devrait, une fois de plus, passer les fêtes de fin d'année et Noël loin de sa famille, mais Ivanovna et son fils Nikita étaient habitués et de jolis cadeaux arrangeraient bien les choses.

Nous étions le 16 décembre et il lui restait une dizaine de jours pour tout préparer, plus qu'il n'en fallait pour armer un bateau déjà en excellent état, surtout si les trois-quarts de l'équipage n'étaient pas embarqués.

Le mardi suivant, il reçut un fax de la direction de MKT lui précisant que la destination finale était au large des îles Scilly, à la pointe de la Cornouaille, qu'il devrait rallier à la vitesse moyenne de dix nœuds et des informations précises relatives à cette navigation lui seraient données. C'était donc pour une navigation de mille cinq cent nautiques environ, sans ravitaillement, qu'il embarquerait ; par contre on lui avait demandé de remplir au maximum les soutes de carburant et une grande quantité de provisions.

En cas de besoin, il pourrait toujours faire escale dans les ports français de Brest ou Cherbourg où les pêcheurs étaient généralement très bien accueillis. De plus, battant pavillon norvégien ils n'auraient aucune difficulté particulière sur le trajet.

Il était aussi possible que le reste de l'équipage rejoigne le bord si la campagne de pêche était décidée au printemps.

Il en était de même pour le *Skarv* et son équipage.

11

A bord du KALOUGA, vendredi 29 décembre 2000 20H45.

Dès qu'ils furent entrés dans le sous-marin, deux hommes montèrent sur le pont pour larguer les amarres.

Sergueï laissa à Dimitri le premier quart :

— Moteurs en avant un tiers.

Silencieusement sur ses moteurs électriques, le *Kalouga* déhala du môle dans la nuit noire ; l'entrée du port dépassée, il accéléra légèrement pour s'éloigner des berges du fjord et procéder à la tenue de veille, indispensable sur ce bâtiment qui n'avait pas navigué depuis assez longtemps et pouvoir plonger dès que les fonds le permettraient.

Les contrôles furent rapidement menés par ces marins expérimentés : tout allait bien…

Il était 21 h 30 ce samedi 30 décembre, et apparemment personne sur la base déserte n'avait remarqué leur départ.

Dimitri ordonna l'immersion périscopique.

Lentement, avec une assiette de 5°, le bâtiment commença à s'enfoncer sous l'eau.

Le dimanche 31 et le lundi 1er janvier seraient calmes car tout le monde se préparerait aux fêtes du nouvel an !

En combinaison orange qu'ils avaient enfilée dans leurs cabines respectives, Sergueï et Dimitri était penchés sur les cartes dans le PC Navigation Opérations.

Il fit faire le point avec le GPS avant de commencer la navigation à l'estime.

Par chance, malgré le froid vif, la mer de Barents n'était pas gelée, seuls quelques gros glaçons dérivaient çà et là. Dès que le point fut fait, il fit rentrer le périscope à l'immersion de sécurité et la *Kalouga* mit le cap au 360.

Dimitri qui avait déjà fait la route de nombreuses fois lui expliqua ses intentions et les manœuvres.

D'abord ils devraient éviter les navires russes dans la mer de Barents, puis les bâtiments de surveillance de l'OTAN en Arctique ainsi que le système de surveillance du SOSUS du Cap Nord.

Les renseignements qu'il avait pu avoir indiquaient que tous les sous-marins en patrouille et la plus grande partie de bâtiments de surface avaient rejoint leur base pour les fêtes de fin d'année, période à laquelle les permissions étaient largement octroyées.

Les premières patrouilles de surveillance ne reprendraient que mi-janvier après les fêtes de Noël.

Donc, pas de risque d'abordage avec un sous-marin russe. La zone était claire.

Restaient les sous-marins de l'OTAN mais il y avait aussi de fortes chances, dans cette période de fêtes, qu'ils ne soient plus en mer.

Dans les heures qui suivaient, ils allaient devoir naviguer silencieusement à sept nœuds maximum pour atteindre à quatre vingt onze nautiques le point de rendez-vous avec les chalutiers, soit environ treize heures de route.

Rassuré sur la bonne marche du bateau et des premières rondes d'étanchéité, Sergueï retourna dans sa cabine pour prendre quelque repos car la journée avait été riche en événements et nerveusement épuisante.

Allongé sur sa couchette, il réfléchissait à cette nouvelle situation. Cela faisait quelque temps déjà, peut-être six mois, qu'il n'avait pas mis les pieds dans un sous-marin. En effet, ses fonctions administratives l'en empêchaient, mais chaque fois qu'il le pouvait, il participait soit aux inspections soit à de brèves manœuvres pendant la journée. Il se sentait très à l'aise dans ces bâtiments spéciaux, où beaucoup d'autres marins l'étaient moins. D'ailleurs, dès son premier embarquement comme jeune lieutenant, il avait tout de suite été séduit par l'atmosphère chaleureuse qui régnait à bord des sous-marins. Les rapports entre l'équipage et les officiers et officiers mariniers étaient, sauf exception, simples voire très cordiaux. C'était sûrement dû au fait que la vie de chacun, plus que sur tout autre navire, même en temps de paix, était étroitement liée à celle des autres. Le confinement, s'il engendrait une promiscuité qui pour être supportable nécessitait un regard sur l'autre et un comportement social particulier, entraînait aussi une solidarité sans faille. Il fallait se supporter le mieux possible sur la durée.

Tout excité par l'aventure qui commençait, il fut cependant étonné du silence qui régnait à bord du *Kalouga*. Cela était dû aux consignes de discrétion et de silence que Dimitri avait données mais aussi au faible nombre de personnes à bord. En effet, sur un bâtiment de ce type, environ douze officiers et quarante hommes d'équipage cohabitaient habituellement tandis que pour cette aventure ils ne se trouvaient que quinze, en tout et pour tout !

Le petit nombre de personnels embarqués avait conduit Dimitri à n'engager que des sous mariniers chevronnés, anciens officiers ou officiers mariniers, avec qui il avait navigué à maintes reprises et qu'il connaissait parfaitement. Le recrutement fait par cooptation n'avait pas été très difficile car tous avaient quitté la marine dans de mauvaises circonstances, le plus souvent renvoyés chez eux sans égard et bien avant leur retraite normale qui ne leur rapportait qu'un maigre revenu. Ils s'étaient retrouvés précocement, à la quarantaine, dans la vie civile, sans occupation, sans perspective de retrouver un travail, des exclus de la société en somme. Aussi, quand leur ancien commandant, Dimitri, leur avait proposé de reprendre du service, ils n'avaient pas longtemps hésité.

En outre, les fortes sommes dont ils avaient déjà perçu un acompte, avaient facilité leur décision. Bien que Dimitri leur ait donné des consignes de dépenser raisonnablement une partie de cet acompte, ils n'avaient pu s'empêcher de faire ensemble avec leur famille une grande fête, bien arrosée, il va sans dire, au prétexte d'un nouvel engagement.

La famille et les voisins n'avaient pas trouvé très anormal qu'ils disparaissent pour plusieurs mois, ce qu'ils avaient fait toute leur vie. Et puis ce côté aventureux qui différait quand même des missions qu'ils avaient eues à accomplir, les avait fortement motivé.

Une fois à bord, chacun avait retrouvé sa place comme s'il revenait d'une longue permission. Les gestes tant de fois répétés retrouvaient leur automatisme.

Dimitri les avait bien prévenus que ce serait une mission pendant laquelle la charge de travail allait être très inhabituelle et les temps de repos raccourcis au maximum. Vu leur petit nombre, ils devraient être disponibles environ dix huit heures sur vingt quatre. Chacun devrait préparer ses repas, la cuisine restant ouverte et les provisions disponibles à tout moment. Il n'y aurait pas de discipline particulière et la répartition des charges de travail serait faite d'un commun accord. L'Amiral, son second et le troisième officier seraient soumis au même régime. Tous avaient accepté sans réserve ces conditions particulières et avec bonne volonté sachant qu'à la fin de la mission l'argent qu'ils allaient toucher les mettraient à l'abri du besoin pour longtemps. C'est donc avec beaucoup d'entrain qu'ils se mirent au travail dès que le signal d'appel aux postes de manœuvre retentit.

Revenant à la réalité, Sergueï se mit à réfléchir à la route qu'ils avaient prévue. En effet, depuis la fin de la guerre froide, un modus vivendi était établi avec les forces de l'OTAN qui n'avaient plus à craindre d'attaque de la Russie. La politique militaire de celle-ci se résumait à une attitude de défense, même si cela ne l'empêchait pas de vouloir développer des armements nouveaux pour essayer de compenser son infériorité numérique et technologique, patente depuis dix ans.

Pour ce qui était des bâtiments russes de surface, il était moins sûr de leur absence mais pour plus de sécurité ils avaient jugé qu'il était préférable qu'ils gardent une vitesse de sécurité inférieure à sept nœuds.

De toutes les façons, avec la météo qui allait se dégrader dans les heures qui venaient, l'hypothétique recherche d'un sous-marin dont la disparition ne serait connue qu'au mieux pas avant quarante huit heures, était improbable et rendue difficile, en particulier pour les patrouilles aériennes.

Sergueï alla vérifier dans la salle des machines si tout se passait bien ; il rejoignit le capitaine Nikita Kalganov qu'il avait connu comme maître principal sur un sous-marin nucléaire sur lequel il avait embarqué comme lieutenant il y avait déjà plus de vingt ans. Derrière sa barbe grisonnante se cachait un homme discret et affable dont la compétence en mécanique avait été reconnue en haut lieu, ce qui lui avait permis d'obtenir rapidement ses galons d'officiers tout en étant sorti du rang.

Nikita connaissait bien aussi Sergueï dont il avait suivi la brillante carrière : il se souvenait de ce jeune lieutenant qui consacrait beaucoup de son temps à régler au mieux les problèmes et les conflits qui ne manquaient pas de survenir au cours des longues missions qu'ils accomplissaient.

C'est donc avec plaisir que Sergueï était entré dans la salle des machines. Seul le ronronnement régulier des moteurs électriques troublait le silence ; tous les indicateurs étaient au vert et Nikita se contentait de vérifier sur l'écran de l'ordinateur si aucun message d'alerte n'apparaissait. Sergueï se fit remettre en mémoire les principales fonctions des instruments et des appareils car même si, à la partie mécanique des bâtiments il avait préféré celle du « pont », il était toujours demeuré attentif à tout ce qui permettait aux sous-marins de se déplacer.

Par sécurité, il demanda à Nikita de faire un bref essai des deux moteurs diésel qui n'avaient sûrement pas tourné depuis quelques temps.

Dimitri fit remonter le Kalouga pour sortir le schnorchel.

Malgré plusieurs tentatives, le démarreur n'arrivait pas à mettre en marche ces gros moteurs.

Une ombre d'inquiétude apparut dans leurs regards.

Nikita, enleva sa casquette pour s'essuyer le front.

Allons bon, déjà des ennuis… Pourtant, Dimitri l'avait assuré que tous les contrôles de maintenance avaient été faits, en particulier sur les moteurs : il ne s'expliquait pas ce problème.

C'était grave, car, sans diésel le sous-marin ne pourrait plus marcher : les batteries, rechargées à bloc à quai, ne tiendrait pas longtemps : il fallait réparer cet engin ou prendre le chemin du retour.

— Tu vas nous sortir de là, hein, Nikita ? demanda Serguei, d'une voix anxieuse.

— Je fais mon possible immédiatement.

Serguei retourna au PCO pour informer Dimitri.

Celui-ci fit immédiatement ralentir le *Kalouga* puis stopper les machines.

Ils n'avaient parcouru qu'une cinquantaine de nautiques et se trouvaient au large de l'Ile des Pêcheurs. Pas de problème pour revenir à quai, mais cela signifiait la fin de l'opération et toutes les conséquences désastreuses qui en découlaient !

Nikita passa en revue toutes les causes possibles de cette panne.

Il y avait bien le plein de mazout, la première chose qu'il avait vérifiée en arrivant à bord et le carburant arrivait bien à la pompe d'injection.

C'est en démontant le filtre à air, qu'il s'aperçut qu'un vieux chiffon avait été laissé là, par mégarde, pensa-t-il.

Il téléphona immédiatement à Serguéï et Dimitri ;

Celui-ci n'était pas tout à fait sûr d'un oubli par un mécano peu consciencieux.

Il pensa tout de suite à Grouchenko, l'ingénieur de l'arsenal, qui avec son air de fouine, pouvait bien être le responsable…

Ainsi, leur projet était-il éventé ?

Peu probable cependant, car ce Grouchenko ne lui semblait pas assez futé pour avoir pu déceler leurs intentions.

De toute façon, il était trop tard pour changer leur plan ; maintenant ils n'avaient plus le choix et puis Saint-Nicolas, le Patron des marins, veillait sur eux !

De la coursive qui menait au compartiment moteur, ils entendirent le bruit des diésel qui enfin, démarraient…Ils allèrent féliciter Nikita : l'alerte avait été chaude.

Les trois officiers retrouvaient le sourire.

Nikita laissa le moteur tourner encore quinze minutes puis, rassuré, repassa sur la propulsion électrique.

Soulagé, Sergueï revint au PC et dit à Dimitri et à Pavel qu'il allait un peu se reposer car, à minuit, c'était lui qui prendrait le quart. De plus, ce stress inopiné l'avait achevé. Il allait devoir puiser dans toutes ses forces pour assurer cette « mission »…

Dès qu'ils eurent atteint le large, Dimitri donna l'ordre de gouverner au 300 en maintenant la vitesse à sept nœuds et l'immersion à 30 yards. Il leur restait environ une dizaine d'heures de route pour atteindre le point de rendez-vous avec le *Svart Mäke* et le *Skarv*, qui devaient quitter Kirkenes vers 22 h, ce soir même. Le point de rendez-vous avait été fixé géographiquement à 70° 30' Nord et 32° 00 Est, ainsi que l'heure : 10 h 30.

Pour eux, dans l'immédiat, plus tôt ils sortiraient des eaux territoriales russes, mieux ce serait.

Dès qu'ils rejoindraient les chalutiers, les risques de se faire repérer seraient nettement moindres.

Il restait les systèmes de surveillance de l'OTAN en Norvège mais comme, d'une part les états-majors de l'OTAN étaient au courant de tous les mouvements des sous-marins russes et que d'autre part le *Kalouga* naviguait à une faible vitesse, il ne se faisait pas trop de soucis.

Lors de la rencontre avec les bateaux de pêche, il suffirait d'un bref appel par radio, en VHF, pour se signaler.

Après, les consignes étaient claires: immersion trente mètres, distance de trois cent yards du *Svart Mäke*, légèrement décalé à son tribord, route au 270 pendant six heures, vitesse de sept nœuds, pendant huit heures, puis à l'immersion périscopique, même vitesse pendant une heure, le temps de recharger les batteries ; à ce moment-là il faudrait se rapprocher au plus près du chalutier, à environ cent dix yards et c'est là que toute l'habileté du commandant sera nécessaire pour éviter l'abordage. Le patron du *Skarv* devrait aussi se rapprocher du *Kalouga* par l'arrière, à cinq cent yards en redoublant de vigilance.

Ensuite, route vers le sud à sept nœuds avec une période de recharge des batteries d'une heure toutes les huit heures à dix nœuds, pour ne pas entamer les 30% de charge de sécurité, le *Kalouga* naviguant toujours entre les deux autres navires.

Après avoir bu un café, Sergueï retourna au poste de commandement. Il vérifia les indications affichées sur les écrans. Le SONAR n'indiquait pas de bruiteur inquiétant. Les manœuvres s'exécutaient calmement et silencieusement. Tous les visages reflétaient la concentration des professionnels.

Dès qu'ils furent en plongée, Sergueï et Dimitri se concentrèrent sur la navigation et les manœuvres car les préoccupations dictées par la sécurité prenaient le dessus.

Les consignes données à Pavel, ils se retrouvèrent dans le carré.

Assis devant un thé, ils se souriaient mutuellement, la satisfaction se lisant sur leur visage.

— Alors, Dimitri, tout se passe bien, on peut un peu mieux respirer…Non ?

— Pour le moment tout va bien. La première phase de l'opération s'est bien déroulée, comme prévu. Reste maintenant à tout faire pour que la deuxième phase, celle qui doit nous amener dans la Manche et l'Atlantique se passe pour le mieux. Je crois qu'on peut avoir confiance dans le capitaine Tchouïkov au vu des premières manœuvres réussies.

Sergueï eut une pensée pour Tania qui étaient en route avec son fils pour la France et devait être soucieuse à cet instant.

Il décida d'aller prendre un peu de repos pendant que Dimitri assurait le quart.

Dans le PC OPS, la lumière rouge baignait les visages concentrés sur leurs écrans. Tout se passait normalement et le puissant moteur électrique propulsait silencieusement le *Kalouga* ; la veille SONAR étant assuré par Yuri, il n'avait donc aucun souci à se faire.

Dans quelques heures, il devrait redoubler d'attention pour repérer longtemps avant de les rejoindre, les bruits émis par les deux navires de pêche.

Samedi 30 décembre, à bord du *Svart Mäke*.

Le capitaine Vladimir Tchouïkov avait tracé la route pour le point de rendez-vous. Il avait exactement soixante nautiques à parcourir, c'est-à-dire environ quatre heures de navigation. Il avait donc quitté le quai à 6 heures, avec le *Skarv*, une heure habituelle pour les bateaux de pêche.

Mais on était samedi et les autres navires étaient restés à quai.

La veille au soir, vers 20 heures ses hôtes étaient arrivés. La Mercedes de son patron avait déposé deux hommes, vêtus de beaux vêtements fourrés, au pied de l'échelle de coupée.

Rapidement, ils étaient montés à bord avec le chauffeur qui portait les bagages et Vladimir les avait reçus immédiatement dans le carré. Après de brèves présentations et des souhaits de bienvenue habituels, il les avait conduits dans leur cabine. Ce n'est qu'après le dîner, servi à 21 h qu'il avait été mis au courant du but de la « croisière » par Oleg Alechine qui, manifestement était le patron ; l'autre homme, Ossip, vu sa carrure et son mutisme était le garde du corps.

D'abord étonné, il avait vite compris que c'était une mission secrète qui demandait le plus de discrétion possible. C'est d'ailleurs la consigne qu'il avait fait passer à l'équipage, assortie de menaces à peine voilées en cas de non-respect. Tous avaient acquiescé, habitués qu'ils avaient été, pendant les années de plomb de la défunte URSS, à obéir sans poser de question. Ils étaient surtout soucieux de garder leur place et peut-être aussi leur vie. Vladimir avait même laissé planer la possibilité d'une bonne prime si tout se passait bien.

Le lendemain matin, Vladimir retrouva sur la passerelle un seul des deux invités, le gros balèze toujours aussi peu loquace. Celui-ci, après avoir pris un copieux petit déjeuner suivait avec curiosité cette navigation nocturne car le jour ne se lèverait pas avant midi et pour une heure seulement.

Bien calé dans son fauteuil dans la pénombre, Vladimir surveillait la bonne marche de son navire.

A part l'homme de barre, aucun marin n'était visible. En effet, selon les instructions de son patron, il n'avait embarqué que le strict personnel nécessaire à la bonne marche du navire. Son second, le radio et son adjoint, le bosco, deux hommes de barre, huit matelots pour les manœuvres, le Chef et quatre mécaniciens ainsi que le cuistot et son aide.

Dès que le navire eut atteint le milieu de la baie, après avoir remonté le Bektfjord, Vladimir fit augmenter la vitesse à dix nœuds. La météo n'était pas trop mauvaise pour la saison; il subissait une longue houle, poussée par une brise de quinze nœuds venant du nord nord-est. Cela ne durerait pas car un fort coup de vent de nord-est était annoncé pour le lendemain. D'ici-là ils seraient relativement à l'abri du Cap Nord avec tout au plus un bon vent arrière et une forte houle qui ne les gêneraient pas dans leur navigation vers le sud-ouest. Vers 10 heures, le signal sonore du GPS retentit, signifiant qu'ils approchaient du point de rencontre. En cette période de nuit polaire ne s'attendant pas voir quoi que ce soit, il guettait le signal radio convenu. Il fit mettre en avant lente et commença à tourner en rond; à bord du *Skarv*, Nicolaï le capitaine, faisait de même.

Ils étaient un peu en avance et si le sous-marin était à l'heure, il ne tarderait pas à se manifester. En effet, à 10 h 14, le radio annonça la réception du signal.

À bord du *KALOUGA*, samedi 30 décembre 2000

Vers 9 h 45 heures les premiers bruiteurs étaient apparus sur l'écran de veille du SONAR.

Sergueï commanda la remontée à l'immersion périscopique pour une reprise de vue aux abords du lieu de rendez-vous et faire un point GPS. Dans la nuit noire de ce petit matin d'hiver, le tour d'horizon de sécurité lui avait permis de constater que la mer était vide, tout au moins qu'il n'y avait aucun feu de navire visible.

Une demi-heure plus tard, il distingua les feux de navigation de ce qui lui semblait être un navire en pêche, avec son feu rouge en tête de mât, au dessus du feu blanc ; à quelque distance, croisait un autre bateau, plus petit, signalé de la même façon.

Comme il n'y avait aucun autre bateau dans les parages ils en avaient conclu que c'était sûrement les deux chalutiers qui étaient au rendez-vous. Déjà, Yuri avait introduit le spectre acoustique des deux bateaux dans sa base de données. C'était indispensable pour la suite de la navigation.

Un premier signal radio convenu fut envoyé. La réponse ne tarda pas.

Vladimir à l'aide du téléphone basse fréquence, que des spécialistes étaient venu installer tout récemment, entra en contact avec le *Kalouga*. La réponse fut rapide et laconique :

— Du *Kalouga* - Route au 228, vitesse 10 nœuds, vacation radio toute les 6 heures, à heure pleine. Terminé.

Il communiqua aussitôt par VHF, un message convenu avec son ami Nikola, le capitaine du *Skarv*.

Vladimir donna l'ordre de naviguer selon les instructions reçues : le *Svart Mäke* vira à gauche et prit sa route vers le sud-ouest avec un léger roulis. En arrière, à faible distance, le *Kalouga* suivait à l'immersion périscopique pour recharger ses batteries. Il était lui même suivi à faible distance par le

Skarv qui surveillait la distance de sécurité avec son propre SONAR.

En effet, les antennes latérales du *Kalouga* ne pouvaient pas détecter les bruits venant de l'arrière et par là même le situer. C'était donc la responsabilité du patron du *Skarv* de surveiller la position du sous-marin et de respecter les distances de sécurité imposées.

La brève conversation terminée Serguéï s'assura que le chalutier avait pris le bon cap, attendit que le *Svart Mäke* ait pris sa vitesse de croisière pour régler la sienne. Le schnorchel étant utilisable, les moteurs diesel furent mis en marche, remplaçant le ronronnement qui les avait bercés toute la nuit par une trépidation qui envahit tout le bâtiment.

La longue traversée de la Mer du Nord vers la Manche commençait.

12

Saint-Pétersbourg, samedi 30 décembre 2000

Leur sommeil fut agité cette nuit là. Kotia, arrivé tard, lui aussi avait mal dormi. Tout était prêt pour le grand voyage !

Les jours précédents, Tania avait fait la répartition des sommes dues à l'équipage.

Sur les cinq cent mille dollars remis à Sergueï par Ossip, elle avait donné dix mille à chacune des familles des membres de l'équipage et autant à Sergueï qui les emportait avec lui.

Elle avait dissimulé le reste dans une valise à double fond, spécialement aménagée pour les transports discrets, obligeamment fournie par Ossip.

Réveillés de bonne heure, ils bouclèrent leurs valises vers 8 heures et prirent d'abord un taxi pour l'hôtel Astoria. De là un autre taxi les emmenât à l'aéroport de Pulkovo. Première précaution au cas où ils seraient suivis.

Il fallait y être à 10 h 30, dernier délai, pour leur vol de 12 h 20.

L'aérogare était bondée car ce samedi, malgré la crise, un très grand nombre de passagers partaient soit rejoindre de la famille pour les fêtes de fin d'année, soit en vacances comme eux trois.

Même le terminal pour les vols internationaux, grouillait de monde.

Ils avaient eu la gorge serrée pour franchir les contrôles de la police aux frontières, mais finalement, leurs faux passeports n'attirèrent pas l'attention du fonctionnaire.

Mais ce n'est qu'une fois que l'Air Bus A 320 d'Air France eut décollé, qu'ils se sentirent pleinement rassurés.

Cette fois, c'était sûr, ils étaient en sécurité et la belle vie pouvait commencer !

Kotia, habitué à voyager dans des avions militaires, découvrait avec émerveillement le confort de la première classe que Sergueï avait tenu à réserver.

La cabine avant était d'ailleurs pleine car de nombreux Russes, nouvellement enrichis, avaient les moyens de s'offrir ce luxe !

Pour l'apéritif, ils eurent droit à un champagne délicieux que tous les trois apprécièrent en trinquant à l'avenir qui semblait radieux.

L'arrivée fut grandiose et bien que l'avion ne survole pas la capitale, les manœuvres d'approche leur permirent de voir, de loin, la ville de Paris étincelante au soleil couchant d'hiver.

Le français de Tania était correct grâce à Mme Marti. A l'Université elle avait aussi régulièrement assisté à des conférences faites par des professeurs de littérature venus de Paris. De même, adorant le cinéma, c'est à l'Alliance Française de Moscou puis de Leningrad qu'elle l'avait perfectionné.

Mais elle n'avait pas pu se débarrasser d'un accent où les intonations russes et espagnoles se mélangeaient. Le résultat était charmant, qui ne manquait pas de plaire à ses interlocuteurs.

Serguëi avait bien fait les choses. Un grand taxi limousine les attendait pour les amener au Grand Hôtel où le luxe des chambres réservées les laissa pantois.

Le lendemain, Tania avec « ses hommes » alla dans les Grands Magasins voisins et bien que la collection d'été ne soit pas sortie, elle trouva facilement de quoi les habiller avec élégance et elle aussi, en particulier. Les vendeurs avaient eu quelques difficultés pour trouver une taille pour Kotia mais, au final, le résultat était très convenable.

Le lundi elle était allée déposer, selon les instructions de Serguëi, une demande de visa au consulat de l'ambassade Cubaine : les passeports seraient prêts pour le vendredi.

La semaine passa comme un enchantement permanent, alternant visites des monuments de la ville et des musées. Ils avaient bien entendu visité à St Petersbourg le musée de l'Ermitage et les anciens palais des Tsars mais ils furent émerveillés par le Louvre et Versailles.

Seule l'agitation incessante des parisiens qui tranchait avec la nonchalance des pétersbourgeois, leur était difficile à supporter.

Le vendredi Tania alla chercher les passeports. On la fit attendre une bonne heure pendant laquelle son inquiétude grandit car les locaux du consulat de cette république socialiste étaient à l'image des bureaux soviétiques et le préposé l'avait regardé bizarrement : elle connaissait trop bien les petits fonctionnaires des pays socialistes pour s'attendre à tout !

Finalement, on lui remit les trois passeports avec les visas et elle quitta avec soulagement ces bureaux sinistres.

Le lundi 8 janvier fut une journée au cours de laquelle ils retrouvèrent la fébrilité de la semaine précédente. Le vol pour La Havane partait à 13 h 30 et ils se levèrent tôt pour être en forme et faire leurs derniers achats avant le départ en taxi pour l'aéroport Charles de Gaulle.

L'embarquement se passa pour le mieux et les faux passeports ne posèrent pas plus de problème que pour le vol précédent. Sergueï avait tenu à ce changement d'identité car, à coup sûr le FSB ne manquerait pas de se lancer à leurs trousses dès que la disparition du sous-marin et de sa famille serait connue.

Après environ onze heures de vol, ils arrivèrent à l'aéroport Marti dans l'après midi. L'officier de l'immigration nota scrupuleusement leurs noms, même celui de Kotia qui par précaution était passé bien avant eux, car ils étaient les seuls russes dans l'avion et qui plus est, à voyager en première ; le reste des passagers était composé d'une majorité de touristes français, venus passer les vacances de fin d'année à bon prix, sur les plages de Varadero.

La chaleur qui les accueillit les surprit, de même que les odeurs que seule Tania avait déjà connues.

La végétation de toutes les variétés de palmiers, les jacarandas, des hibiscus laissèrent Paul et Kotia béats d'admiration ! Comment un tel paysage pouvait exister ? C'était le Paradis…

De plus, la voix des cubains, cette façon chantante de prononcer l'espagnol, cette allure nonchalante de tous les gens qu'ils voyaient, se souriant les uns aux autres, les couleurs : bref, le dépaysement était total.

Même s'ils avaient déjà vu des films qui se passaient sous les tropiques, ou des photos, la réalité dépassait tout ce qu'ils avaient pu imaginer.

Leur nouvelle vie commençait bien, même très bien !

Après le stress des jours précédents, ils pouvaient enfin respirer librement.

A la sortie du hall d'arrivée, Bixente Betelcéguy les attendait. Ils montèrent dans la vieille Lada

Vaz, blanche, des années 90 qui avait connu des jours meilleurs, sauf Kotia qui dû prendre un vieux taxi Chevrolet pour mettre tous les bagages et avoir toute la place qu'il lui fallait. Ils prirent la route du de la Vibora sur les collines surplombant la ville, en passant par le front de mer, le célèbre Malecon, que leurs hôtes voulaient leur montrer.

Le quartier résidentiel de la Vibora, à la différence des autres parties de la ville qu'ils avaient traversés, était heureusement composé d'un ensemble de maisons bourgeoises à colonnades de type colonial, certaines en mauvais état et d'autres, comme celle des Betelcéguy, laissait entrevoir un certain luxe avec des façades fraîchement repeintes en blanc, un haut portail et des grille de fer entourant un jardin fleuri bien entretenu ; tout correspondait à la situation privilégiée de leurs hôtes qui faisait partie de la Nomenklatura cubaine.

Ils furent installés tous les trois au premier étage dans de belles chambres spacieuses avec vue sur la ville et la mer en toile de fond. Tania avait la plus belle avec une salle de bain attenante qu'elle partageait avec Paul.

Kotia se contenterait d'un cabinet de toilette sur le palier ce qui était pour lui, habitué à son HLM de Severomorsk, un élément de luxe appréciable.

La fenêtre de sa chambre donnait sur le jardin et la rue. Ils s'installèrent donc confortablement car ils pensaient rester à Cuba assez longtemps, peut-être jusqu'au retour de Sergueï.

13

Severomorsk, le 11 janvier 2001.

Depuis une semaine l'Amiral Karpov ne décolérait pas. Dans le train-train habituel du service, la disparition du *Kalouga* avait éclaté comme une bombe au QG de la Flotte du Nord.

Il était furieux à plusieurs titres. D'abord, le commandant de la base de Poliarniy n'avait informé ses services que le 8 janvier de la disparition du sous-marin car, pendant les fêtes de la nouvelle année et de Noël qui tombait le samedi 6, la surveillance avait été quasi inexistante. De plus, l'officier de sécurité chargé de l'enquête avait eu un mystérieux accident de voiture sur la route de Poliarniy où on l'avait retrouvé mort de froid et la serviette qui contenait les rapports préliminaires avait disparue. Par ailleurs, des renseignements qui lui avaient été transmis signalant l'absence de l'Amiral Klykov et de Dimitri Pavlovitch ainsi que celle du chauffeur de l'Amiral qui n'étaient pas revenus après leur permission, ne lui étaient parvenus que le 10 janvier.

Il avait fallut encore plusieurs jours pour que le FSB fasse le rapprochement entre l'absence du C.A Klykov et le départ de sa famille qui avait quitté leur domicile depuis le 31.

Les enquêteurs supposaient que trois passagers, voyageant vraisemblablement sous un nom d'emprunt, avaient pris un vol, probablement à destination de Paris ou de Londres compte tenu de l'engouement actuel pour ces destinations ; en tout cas, c'était à vérifier en premier lieu. En outre, la disparition du chef du service de sécurité de la base, le Colonel Artelev était inexplicable et il se perdait en conjectures.

Karpov n'arrivait pas à comprendre que Sergueï et Dimitri puisse être lié à cette sombre affaire. Comment deux officiers, en qui il avait la plus grande confiance, qui avaient eu une carrière exemplaire avaient pu se laisser aller à de pareilles extrémités ? Et pourtant, il fallait bien se rendre à l'évidence : seuls des hommes de cette trempe avaient pu commettre ce forfait. Mais la disparition du Colonel ne s'expliquait pas car il était difficile d'admettre qu'il ait lui aussi trempé dans cette histoire. Il n'aimait pas particulièrement ce commissaire politique fouineur, aux paroles mielleuses, toujours prêt à critiquer tel ou tel officier, faisant des rapports sur les moindres broutilles, l'obligeant à perdre un temps précieux qu'il aurait pu consacrer à des tâches plus utiles !

À moins que… peut-être…Artelev eut flairé un coup !!! L'enquête le déterminerait sûrement, mais quand ?

Quoi qu'il en soit le Ministre était au courant et avant d'aller informer le Président et le Politburo, il exigeait des informations précises dans les plus brefs délais. Nous étions déjà le 11 janvier et si on rapprochait la date de la disparition du sous-marin avec la date de départ de Sergueï, de sa famille et de Dimitri on pouvait penser que le sous-marin était déjà loin, sûrement dans l'Atlantique Nord, mais où ?

Lancer une opération de recherche sans trop éveiller la méfiance de l'OTAN était difficile. Il n'était pas envisageable non plus de demander la coopération des États-Unis et de leurs alliés car, une fois de plus, la marine russe aurait perdu la face.

Il fallait surtout protéger le secret le plus long-temps possible pour que la presse ne s'en mêle pas : il y allait de sa carrière.

Ah ! S'il avait pu disposer d'un porte-avions opérationnel en Atlantique Nord, il aurait pu es-sayer de le détecter avec ses avions spécialisés dans la lutte anti sous-marine… mais c'était très loin d'être le cas !

Restait à demander au GRU et au FSB que leurs agents puissent rapporter quelques rensei-gnements utiles, le plus tôt possible. C'était la seule solution qu'il pouvait proposer au Ministre.

Par chance, un « employé zélé » du Consulat Général de Cuba à Paris, en fait un correspondant du FSB, avait signalé que trois visas touristiques avaient été demandés pour Cuba, fait suffisamment rare pour être remarqué, par des ressortissants russes.

Il appela sa secrétaire pour lui dire qu'il lui fallait un avion dans une heure pour aller à Moscou voir le chef d'état-major des Armées et le Ministre.

14

La Havane, Ambassade de Russie : le 18 janvier 2001

Le ventilateur du plafond tournait doucement, brassant l'air tiède du bureau. Bien qu'au mois de janvier, la température agréable pour la saison était encore trop élevée pour Vassili Borisevitch Grichine. Depuis deux ans qu'il était en poste à l'ambassade de Russie à La Havane, il n'arrivait toujours pas à se faire à ce climat. Il fut tiré de sa torpeur de début d'après-midi par la sonnerie du téléphone. Viktor Mioussov, le premier secrétaire qui était aussi le patron de la « rezidentura » du FSB, lui ordonna de monter immédiatement dans son bureau.

Il se redressa de son fauteuil et se mit debout péniblement ; il avait beaucoup grossi ces derniers mois en raison de l'inactivité mais aussi et sûrement à cause de l'excès de vodka et de rhum.

Il rajusta sa tenue et se dirigea d'un pas traînant vers les escaliers. L'ascenseur était en panne depuis deux semaines car dans ce foutu pays, on ne trouvait aucune pièce de rechange.

Au ton du premier secrétaire il pensait que quelque chose d'important se passait.

D'un côté, il était plutôt content car la routine lui pesait mais d'un autre il sentait que cette nouvelle affaire allait encore retarder la permission qu'il avait demandée il y avait déjà trois mois et qui risquait à coup sûr d'être encore refusée.

Le premier secrétaire ne leva même pas même les yeux sur lui, continuant à lire les documents posés devant lui. Il lui fit signe de la tête de s'asseoir sur le fauteuil des visiteurs. Vassili grommela un simple « Bonjour » qui se voulait être poli mais qui indiquait quand même à son interlocuteur qu'il n'appréciait pas son accueil. Sa lecture finie, celui-ci leva enfin ses petits yeux pâles sur lui pour dire :

— Vassili Borisevitch, je vous ai demandé de venir car venons de recevoir de Moscou une note nous demandant d'enquêter sur trois ressortissants russes arrivés à La Havane le 8 janvier, en provenance de Paris, sous un nom d'emprunt avec vraisemblablement de faux passeports. Vous vous mettrez en rapport avec le directeur de l'immigration, Fernando Alonzo, au Ministère de l'Intérieur qui vous communiquera des informations à leur sujet. Venez m'en rendre compte dans cinq jours au plus car à Moscou ils sont très pressés.

— Bien Monsieur…

Vassili compris à son regard que l'entretien était terminé ; il se leva sans dire un mot et sortit. Comme prévu, les ennuis commençaient… Il redescendit les deux étages et sortit prendre l'air dans les jardins de l'ambassade. Il en profita pour allumer un « puro » que lui avait offert le concierge cubain avec lequel il s'était lié, ce qui lui permettait

144

d'avoir quelques informations et quelques avantages car Pedro Ramirez était bien introduit dans les milieux interlopes de la capitale cubaine.

Il aspira une goulée de fumée qu'il laissa s'écouler lentement par ses narines.

Avec le rhum, c'est ce qu'il avait trouvé de mieux à Cuba ; même les filles ne trouvaient pas grâce à ses yeux ; il en consommait régulièrement mais aucune ne l'avait séduit au point qu'il eut envie de la revoir… Il regarda sa montre, une belle Rolex achetée d'occasion à un vendeur à la sauvette, probablement volée à des touristes.

Il était déjà trois heures et demie et, connaissant les fonctionnaires cubains, il décida de remettre au lendemain sa visite au Ministère. À cette heure-là, les employés devaient sûrement se préparer à quitter le travail qui normalement se terminait à cinq heures, mais vu leur salaire dérisoire ils devaient, pour la plupart, avoir une deuxième source de revenus et il était rare que la dernière heure de travail officielle soit effectuée.

Il remonta dans son bureau pour téléphoner et demander à la seule secrétaire au Ministère encore présente, un rendez-vous qu'elle lui proposa le lendemain à 15 heures, car M. Alonzo était en réunion toute la matinée.

« Bon, une matinée de tranquillité » se dit-il avec un sourire satisfait.

Au prétexte de sa nouvelle mission, il en profita pour s'éclipser, précisant au passage à Mme Alcaraz, la grosse standardiste avachie dans son fauteuil devant le standard téléphonique dans le hall, qu'il ne viendrait pas le lendemain.

Cette nouvelle enquête allait lui permettre de s'absenter plus souvent de son bureau où il s'ennuyait profondément.

Il monta dans la vieille Lada Samara de service qui lui avait été attribuée et pris la direction du Malécon où se trouvait l'hôtel Nacional au bar duquel il avait ses habitudes. Il sortit de l'ambassade en prenant l'avenue Salvador Allende, tourna à droite sur la Calzada de l'Infante pour rejoindre l'hôtel Nacional où il arriva dix minutes après. Au bar, il rencontrait habituellement quelques Cubains et aussi parfois des touristes auprès desquels il se faisait passer pour un homme d'affaire international. Là, il resta jusque vers minuit, après avoir bu force caïpirina et blagué de choses et d'autres avec les piliers habituels. Aucune des filles présentes ce soir-là n'ayant éveillé sa libido, il décida de rentrer tristement chez lui.

Le lendemain matin il se réveilla vers 10 heures, la tête dans du coton car il avait un peu trop forcé sur l'alcool la nuit passée et ne se souvenait d'ailleurs pas exactement comment il était rentré ni avec qui il avait passé cette soirée. Ayant décidé qu'il n'irait pas au bureau avant le rendez-vous avec Alonzo, il traînassa le reste de la matinée en ingurgitant de nombreux cafés. Vers midi, il se sentit mieux et sortit pour aller déjeuner dans un petit estanco voisin où, pour quelques pesos, il pouvait se gaver de tortillas et autres plats bons marchés.

Le Directeur des Services de l'immigration, Fernando Alonzo, le fit poireauter plus d'une heure dans le couloir avant de le recevoir. En effet, il n'aimait pas les Russes avec lesquels cependant il était obligé de travailler de temps à autres. Leur complexe de supériorité qui aurait pu être justifié il y a quelques années, lui était devenu insupportable surtout depuis la suppression de nombreuses aides financières qui alimentaient le trésor public et retentissait sur le versement des traitements des fonctionnaires.

Aussi, l'entretien avec cet agent du FSB ne l'enchantait guère. Sans les ordres qu'il avait reçus du Ministre en personne, il n'aurait communiqué aucun renseignement de son propre gré.

De plus Vassili Grichine, ce gros porc alcoolique qu'il avait déjà rencontré, ne lui était pas sympathique du tout.

Quand il fut assis devant lui, Alonzo sortit un dossier d'une chemise jaune qui avait déjà beaucoup servi. Souhaitant que l'entretien ne s'éternise pas, il aborda rapidement le sujet.

«Oui le fonctionnaire de l'immigration avaient remarqué trois passagers d'origine russe à leur arrivée à l'aéroport le mardi 9 janvier dernier.

-Oui, il avait noté les trois noms.

-Oui, ils étaient partis vers le centre-ville dans une Lada Vaz blanche et un taxi Chevrolet bleu et blanc.

-Oui, il y avait une femme d'une trentaine d'années avec un adolescent d'environ douze ans: l'autre personne était un colosse à la coupe de cheveux militaire. Tous les trois étaient blonds aux yeux bleus.

-Non, il ne savait pas où ils étaient allés, pas plus qu'il ne connaissait les personnes qui étaient venues les accueillir. »

Vassili prenait des notes au fur et à mesure et il se fit épeler les noms qui figuraient sur chaque passeport :

Pour la femme : Olga Fiodorovna Oulanovna, pour le jeune homme : Aleksander Nikolaïevitch Oulanov et pour l'homme Anatoly Pavlovitch Karpenko.

Il nota tout rapidement et surtout la marque et la couleur du taxi.

Alonzo se leva ce qui signifiait ainsi la fin de l'entretien et lui tendit une main molle et moite, en lui disant sans le penser :

— J'espère que ces informations vous permettront d'avancer dans votre enquête. N'hésitez pas à me recontacter si vous avez encore besoin de mes services.

In peto, Vassili pensa « Tu parles ! » et grommela dans son mauvais espagnol un vague

— Merci pour votre aide, Monsieur.

L'affaire se présentait mal et promettait d'être longue et compliquée. Les trois identités correspondaient à celles de la fiche que lui avait remise le premier secrétaire, reçue de Moscou. Pour les retrouver, la seule et unique piste était de retrouver le taxi ou un de ses chauffeurs, car ils étaient au moins cinq ou six à partager chaque véhicule.

A la pensée de tout ce travail, il prit lentement la direction de l'ambassade. Assis à son bureau, il commença à feuilleter l'annuaire des téléphones prêté par Mme Alcaraz qui lui avait dit d'en prendre bien soin car c'était le seul exemplaire qu'elle avait pu se procurer.

À la page « taxi » il constata qu'il y en avait plus d'une centaine ! Cependant quelques noms de compagnies étaient mentionnés et il décida de commencer par elles. Se faisant passer pour un touriste étranger qu'avec son accent russe rocailleux il n'avait d'ailleurs aucune difficulté à paraître, il dit qu'il avait perdu un sac il y avait environ quinze jours et qu'il pensait que ce devait être un taxi Chevrolet bleu et blanc qui l'avait conduit de l'aéroport à son hôtel.

Invariablement les réponses étaient : « Nous n'avons pas de voiture qui corresponde à votre description».

Découragé, il quitta son bureau et rentra chez lui pour se reposer. Après sa dernière nuit et cette journée épuisante, il avait hâte de s'allonger avec une bière bien fraîche à portée de main. Il allait avoir besoin de toute son énergie car à partir du lendemain il devait aller faire le pied de grue à l'aéroport pour tenter de retrouver ce fameux taxi bleu et blanc.

Au bout du troisième jour de planque, la chance lui sourit au moment où il commençait à désespérer. Pendant deux jours il avait vu une quantité de taxis bleus et blancs qui n'étaient pas des Chevrolet et des Chevrolet qui n'étaient pas de ces couleurs. Il venait juste de terminer son sandwich et s'apprêtait à finir sa bière, quand enfin l'oiseau rare se présenta.

Par chance, les passagers du dernier avion étaient déjà tous sortis et les taxis attendaient patiemment le prochain débarquement. Il fit signe au chauffeur qui, à la vue du billet de dix dollars que Vassili exhibait, se hâta à sa rencontre. Il ne se souvenait pas d'avoir chargé ces passagers mais il demanderait aux autres chauffeurs. Il lui donna l'adresse du garage et un rendez-vous le lendemain soir vers 20 heures, à la fin de son service. Vassili lui donna à regret le billet qui lui avait cependant permis d'avancer d'un pas et lui en promis d'autres si les renseignements étaient bons. De toute façon il les mettrait sur sa note de frais.

Le lendemain, comme convenu, à 20 heures il était devant le garage et il n'eut pas longtemps à attendre. Le chauffeur arriva avec un autre qui s'avéra être le bon.

En effet, il avait bien chargé un colosse avec de nombreux bagages ; ils avaient suivi une Lada Vaz blanche qui allait dans le quartier de la Vibora. Il ne se souvenait pas bien de la rue mais en allant sur place il reconnaîtrait certainement la rue et la villa. Il se rappelait qu'on lui avait donné un très bon pourboire...

Ne voulant pas perdre plus de temps, Vassili sortit un nouveau billet.

Le chauffeur retrouva aussitôt la mémoire et il lui donna le nom de la rue, sans toutefois préciser le numéro. Mais la villa blanche à deux étages fraîchement repeinte avec son grand portail noir serait facile à retrouver.

Pour fêter ce succès, Vassili prit directement le chemin du bar du Nacional.

« Dans un ou deux jours, pensa-t-il, après ses vérifications, il irait à l'Ambassade pour annoncer au premier secrétaire que quelques jours lui avaient suffi pour « loger » les suspects. Il espérait qu'à défaut de félicitations sa côte remonterait suffisamment pour accélérer sa demande de permission. »

Le lendemain en effet, il arriva de bonne heure à la Calle de Catalunya.

Il n'eut aucun mal à trouver la maison en question. Cette belle villa blanche tranchait avec les autres maisons alentour.

Il gara la voiture à une centaine de mètre et entrepris une inspection rapide du coin. Il était 8 h 20 et hormis quelques enfants qui se rendaient à l'école, il n'y avait personne dans les rues. Il passa devant la villa sans s'arrêter, remarqua le portail noir en fer plein et les grilles recouvertes de tôles ne permettant pas de voir dans le jardin.

Il fit demi-tour un peu plus loin, changeant de trottoir et faisant mine de chercher quelque chose dans son carnet, il en profita pour détailler la façade du premier étage : quatre fenêtres donnaient sur la rue et le jardin, un grand balcon semblait faire le tour de la maison sur les autres côtés, le tout surmonté d'un toit terrasse entouré de balustres.

L'après-midi il revint mais cette fois il avait emprunté, après avoir longuement palabré avec le premier secrétaire, la camionnette de service de l'ambassade. Ce fourgon tôlé à l'intérieur duquel il avait disposé un tabouret pour lui permettre de « planquer » plus confortablement et plus discrètement que s'il avait été dans la vieille Lada.

D'autant qu'il y avait aussi un volet d'aération latéral qui, légèrement ouvert, lui permettait une meilleure observation et surtout plus discrète.

Vers 16 heures, la Lada arriva correspondant à celle dont avait parlé le chauffeur de taxi. C'était une voiture déjà ancienne conduite par un homme âgé. Côté passager, étaient assis le gros balèze et derrière une femme blonde et un jeune garçon. C'était bien ceux qu'il recherchait. Il démarra doucement et rentra à son bureau pour rédiger son rapport. Il le remettrait le lendemain au premier secrétaire et attendrait les ordres.

*

Cela faisait plus de quinze jours que Tania, Paul et Kotia était arrivés à Cuba et la vie s'organisait dans la maison. Bixente et Carmen Belceteguy se mettaient en quatre pour satisfaire leur moindre désir. Les deux mille dollars que Tania leur avait remis facilitaient les choses. Chaque jour, Bixente les amenait en voiture visiter la ville et les environs. Tous les trois étaient séduits par ce mode de vie sous les tropiques qu'ils n'avaient pas imaginé si agréable, sauf Tania, mais les choses avaient bien changées depuis. Tout concourait à les rendre heureux : le climat, les gens affables et enjoués, la musique à tous les coins de rue du « Centro », tout tranchait avec le genre de vie morose de l'hiver pétersbourgeois.

Tania avait des sentiments partagés entre le plaisir de profiter de cette nouvelle vie et un fond d'angoisse qui la taraudait dès qu'elle se retrouvait seule, et troublait son sommeil.

Que devenait Serguëi ? Il devait être en pleine navigation.

Kotia les accompagnait souvent mais il aimait mieux rester à la maison.

Il se mettait sur le toit terrasse sur lequel il pouvait faire sa gymnastique d'entretien tout en regardant la mer.

Un après-midi, après une sieste qui l'avait amené vers 3 heures, en regardant à travers les rideaux de la fenêtre, son attention fut attirée par une camionnette blanche garée au bord du trottoir d'en face. Il avait déjà vu ce fourgon le matin, mais il n'y avait pas prêté attention. Ce qui le fît sourciller c'était qu'au volant il y avait un type plutôt blond qui lui parut suspect. Immédiatement il sentit le danger : Ce type était du FSB. Bien caché derrière le rideau, il l'observa un moment puis il décida de monter sur la terrasse pour mieux le voir avec la paire de jumelles qu'il avait prise sur le piano du salon. De cette position il pourrait l'observer sans être repéré car il était « dans le soleil » ; le type fumait en silence et regardait sans arrêt sa montre. Pas de doute... Ils étaient surveillés !

Dès que la Lada revint avec Tania et Paul, le fourgon s'en alla. Il était 6 h passé et la nuit tombait. Il rejoignit les autres dans le salon où ils s'étaient assis devant des orangeades et leur fit part de sa découverte. Bixente devint tout pâle et le regard de Tania et Paul se voila d'inquiétude. Ainsi ils avaient été découverts.

Cela sous-entendait que la disparition du sous-marin et la leur avaient été constatées et que le FSB était à leurs trousses. Il fallait réagir rapidement, ce qui fût fait. Immédiatement Bixente pensa à les cacher dans un petit bungalow de vacances qu'ils avaient à proximité de Cienfuegos, dans une petite station balnéaire, à deux cent cinquante kilomètres au sud. Il fallait partir tout de suite : en quelques minutes les bagages, réduits au strict nécessaire furent faits ; Tania regretterait ses beaux vêtements parisiens ! Tant pis... tous les quatre s'engouffrèrent dans la Lada. Bixente fila le plus rapidement possible, se faufilant dans la circulation dense à cette heure, pour rejoindre l' « autopista A Nacional » puis la route vers Cienfuegos. Dès qu'ils furent sur l'autoroute Kotia proposa de conduire, un peu à l'étroit et coincé contre le volant, se laissant guider par Bixente. Tania et Paul bien que fatigués et anxieux restaient éveillés. Ils traversèrent Cienfuegos vers 11 heures et prirent la direction du bord de mer en direction de Rancho Luna où se trouvait le bungalow. Quand celui-ci apparut dans les phares, il était presque minuit.

Bixente les installa le plus confortablement possible dans les deux chambres et lui, se coucherait sur le canapé, qui n'aurait pas résisté au poids de Kotia!

A Saint Petersbourg, avant de partir, Ossip avait donné un numéro de téléphone à appeler en cas de problème. Tania qui l'avait soigneusement noté pensa que c'était le moment de demander de l'aide.

Malgré l'heure tardive et avant d'aller dormir, tant elle avait hâte de se rassurer, Bixente l'accompagna dans une cabine téléphonique près de l'hôtel du Faro. Après plusieurs essais infructueux et une longue attente, finalement quelqu'un décrocha.

Dès qu'elle eut dit qui elle était et qu'elle avait besoin d'aide, expliquant la situation et où ils se trouvaient, le correspondant lui donna aussitôt rendez-vous le lendemain à 16 heures sur le parking de la plage. Ils viendraient les chercher avec un fourgon Ford bleu : qu'ils se tiennent prêts avec un bagage léger pour partir en avion. Il ne précisa pas la destination.

Un peu soulagés, ils allèrent rapidement se coucher car au stress s'était ajoutée la fatigue de la route.

Le lendemain matin au réveil, ils furent étonnés par la blancheur du sable de la plage et la douceur de la température ainsi que de la tiédeur de l'eau.

S'ils n'avaient pas été poursuivis, c'eût été un bon commencement pour une belle journée de vacances ! Bixente, levé de bonne heure, était allé chercher de quoi faire un petit déjeuner et un repas copieux auquel ils touchèrent à peine sauf Kotia. Dans l'attente anxieuse du rendez-vous, ils passèrent un grand moment sur la plage à farnienter, essayant de ne pas penser à cette situation préoccupante, Kotia plus que jamais sur ses gardes, à l'affût de la présence de types suspects.

À l'heure dite, Bixente les accompagna au rendez-vous. Le van Ford bleu était bien là avec deux hommes à bord, un brun, mal rasé et un grand noir aussi costaud que Kotia. Après les embrassades et des remerciements chaleureux à leur hôte pour son accueil et son dévouement, ils montèrent tous les trois dans le fourgon qui partit rapidement vers Cienfuegos dont l'aéroport n'était qu'à quinze kilomètres.

À peine arrivés, ils passèrent par le portail d'une entrée annexe, cadenassée mais dont le chauffeur avait la clé. En bout de piste un Falcon 20 les attendait, moteurs au ralenti à distance du terminal des vols domestiques. Ils montèrent rapidement et dès qu'ils furent assis, l'avion se mit à rouler pour décoller. Le cubain leur annonça qu'il allait à la Jamaïque. Tania, Paul et Kotia pouvaient enfin souffler : ils étaient maintenant en sécurité.

Tania remercia Kotia pour son flair et sa présence d'esprit qui les avaient sortis d'une mauvaise passe. Elle s'étonnait cependant de n'avoir eu aucun contrôle d'identité à l'embarquement : probablement que quelqu'un avait mit de « l'huile » où il fallait !

Trois quarts d'heure plus tard ils atterrirent sur l'aéroport de Montego Bay à la Jamaïque. Là aussi même scénario : l'avion s'arrêta en bout de piste et un Chevrolet 4x4 Blazer qui les attendaient arriva rapidement ; ils descendirent et montèrent tout de suite dans le véhicule qui quitta aussitôt l'aéroport par une sortie de service, pour se diriger vers la ville.

Ils montèrent sur les hauteurs par une route qui serpentait dans la végétation tropicale et arrivèrent dans une magnifique villa où tout respirait le luxe. Ils furent accueillis par une femme d'une quarantaine d'années tout de blanc vêtue, avec un chemisier au décolleté généreux et en pantalon moulant, qui se présenta comme étant leur hôtesse.

Mrs. Wesley les accompagna dans de très belles chambres au premier étage avec une vue paradisiaque sur la baie de Montego.

Tania, consciente du danger auquel ils avaient échappés, se sentit soulagée.

On était le 24 janvier et tant de choses s'étaient passées en trois semaines !

Tania se revoyait quitter son appartement de Petrogradskaya dans lequel elle avait vécu si longtemps avec ses peines, ses chagrins mais aussi ses joies et qu'elle espérait maintenant ne plus jamais revoir.

Si tous les trois étaient temporairement tirés d'affaire, qu'en était-il de Sergueï ?

Comme on n'aurait pas de nouvelles pendant encore quelques semaines, il fallait faire face en espérant que tout se passerait pour le mieux, pour ne pas gâcher la vie de Paul et Kotia.

Mrs. Wesley était aux petits soins avec eux et rien ne leur était refusé. Ils visitèrent l'île où les villes et villages étaient d'une propreté qu'il n'avait jamais vue auparavant. Tout sentait que l'économie était florissante : des dizaines d'hôtels plus luxueux les uns que les autres, des milliers de touristes bien bronzés, dans des vêtements de marques, pour la plupart vraisemblablement américains, une vie nocturne trépidante et toujours cette atmosphère de fête permanente. Les jeunes, garçons et filles, tous élégants, semblaient être très heureux. Chaque jour leur émerveillement augmentait.

Si le Paradis sur terre semblait exister c'était bien comme ça qu'il devait être.

*

Les jours s'écoulaient comme par enchantement dans une ambiance de farniente et de nonchalance qu'ils appréciaient. En somme, c'était d'éternelles vacances. Seul Kotia commençait à s'ennuyer et cette oisiveté lui pesait.

Il s'était lié d'amitié avec Mike, un garde du corps, aussi costaud que lui et avec lequel il avait recommencé à s'entraîner physiquement : footing matinal, une heure de nage dans la piscine, plus une bonne heure de musculation dans le gymnase privé, repas copieux et varié, petite sieste et idem jusqu'au soir. Ce décrassage après plusieurs semaines d'inactivité lui convenait mieux que la vie de touristes et les mondanités auxquelles semblaient prendre beaucoup de plaisir Tania et Paul. De plus, et il avait compris dès le premier jour, ses hôtes n'étaient pas des enfants de chœur. L'entraînement dans un stand de tir dans les sous-sols faisait aussi parti des activités régulières de Mike et des autres « gorilles » de la villa.

Tania et Paul rencontrèrent un jour un certain Antonio Ribeiro, sûrement un nom d'emprunt, car il parlait très bien le russe quoiqu'avec une pointe d'accent espagnol. Apparemment c'était le patron et il tenait à ce que tous leurs désirs soient satisfaits.

Un soir Tania se hasarda à lui demander des nouvelles de Sergueï. À son grand étonnement, il lui répondit avec précision que tout se passait comme prévu et qu'il devait arriver en Amérique du Sud très bientôt. Rassurée, elle demanda quel était le programme pour les temps à venir :

— Pour l'instant, vous restez ici mais nous changerons de résidence dans quelque temps.

C'est tout ce qu'elle pu obtenir.

Paul s'épanouissait grâce à l'environnement dans lequel il baignait : nourriture saine, sport, visites de lieux enchanteurs : il ne regrettait pas son école de Saint-Pétersbourg où en ce moment il devait faire encore, au mieux moins quinze degrés!! Il s'était mis à l'espagnol qu'il commençait déjà à bien parler, grâce à sa mère qui l'aidait.

La Havane, 24 janvier 2001

Dès le lendemain matin, Vassili était à nouveau en faction devant la villa en compagnie d'Ignacio Gonzales, des services de sécurité cubains. Il fut étonné de constater qu'il n'y avait aucune animation. Les volets des chambres étaient clos et personne ne semblait réveillé. Seule, la femme de ménage qui arriva vers 9 heures se montra. Toute la journée, la villa resta calme. Il commençait à se demander si ses « oiseaux » ne s'étaient pas envolés. Lorsqu'il vit dans l'après-midi la Lada arriver avec seulement le propriétaire au volant : il comprit qu'il avait été repéré et que les trois Russes qu'il recherchait étaient partis.

Furieux, il démarra en trombe pour rejoindre l'ambassade où il devait annoncer la mauvaise nouvelle au premier secrétaire. Triste journée : il allait sûrement être réprimandé, sa côte qui était bien remontée baisserait à nouveau et sa permission serait sûrement remise en cause car, à Moscou, ils ne seraient pas contents du tout !

Mais où donc avaient-ils bien pu aller se cacher ?

Il mènerait son enquête encore quelques jours mais de toute façon, il ne pourrait rien faire contre les propriétaires de la villa qu'il savait protégés, comme on lui avait fait savoir. En effet, les services qu'ils avaient rendus à la cause de la Révolution les mettaient à l'abri des ennuis.

Il se doutait bien que si les fugitifs étaient encore à Cuba il aurait du mal à les retrouver et que s'ils avaient quitté l'île, alors...

15

A bord du Kalouga, le dimanche 7 janvier 2001

Cela faisait maintenant huit jours qu'ils navi-guaient de conserve avec les chalutiers.

A raison d'environ deux cent milles par jour, ils approchaient de l'entrée de la Manche.

Petit à petit, la vie à bord s'était organisée et l'équipage s'était habitué à ce nouveau rythme de travail. Même s'il était plus contraignant qu'habituellement, le plaisir de se retrouver sous l'eau, leur donnait un excellent moral.

Comme tous se connaissaient très bien, chacun vaquait à ses tâches avec bonne humeur et l'ambiance, à la fois détendue et sérieuse, conve-nait à tous.

Ils prenaient leurs repas rarement à plus de deux ou trois et Serguëï avait noté que ces courts moments de contact étaient appréciés.

Entre le *Svart Mäke* en avant et suivi par le *Skarv*, le *Kalouga* traçait tranquillement sa route vers le sud.

Les consignes n'avaient pas changé depuis le départ à savoir, huit heures de navigation à sept nœuds en immersion à trente mètres suivies d'une heure de navigation au schnorchel à dix nœuds pour la recharge des batteries. Pendant ces pé-riodes, les deux chalutiers encadraient le plus près possible le *Kalouga*.

Le moment de la navigation le plus périlleux approchait, car il allait falloir tenir compte de plusieurs paramètres importants : les courants, la profondeur, le trafic maritime, le plus important du monde dans les détroits : quatre cent cinquante navires de tout tonnage se croisaient dans les deux sens chaque jour dans un couloir d'une largeur utile de vingt huit nautiques environ.

La solution de continuer la navigation dans la Manche avec les deux chalutiers, avait été écartée car ce convoi évoluant à faible vitesse n'aurait pas manqué d'attirer l'attention des autorités de surveillance du trafic en Manche, que ce soit le CROSS français ou le MRCC britannique.

En effet, la plupart des chalutiers naviguaient à plus de dix nœuds. Pareillement, les autres navires devaient respecter une certaine vitesse qui permettait d'assurer une meilleure régulation et d'augmenter la sécurité.

C'est pourquoi, Sergueï avait décidé, en commun accord avec Dimitri, qu'ils se sépareraient à l'approche de Douvres.

Les deux chalutiers partiraient devant à leur vitesse normale de quinze nœuds. Puis, ils attendraient le *Kalouga* au point de ralliement prévu au large des îles Scilly.

De son côté, le *Kalouga* naviguerait à la plus faible vitesse compatible avec les courants et les autres contraintes de la navigation sous-marine.

Il leur faudrait redoubler de prudence surtout dans les parages de la base navale de Devonport à Plymouth.

A la vitesse optimum, il leur faudrait environ trois à quatre jours pour parcourir les 360 nautiques qui les séparaient de leur point de rendez-vous avec les chalutiers.

A bord du *Svart Mäke*, le 9 janvier.

Depuis deux jours, les conditions météo s'étaient détériorées ; assez favorables au début de leur descente vers le sud après avoir passé le Cap Nord et malgré le coup de vent dans la mer de Barents qui ne les avait pas gênés outre mesure, elles étaient ensuite devenues franchement mauvaises à la latitude de Rotterdam.

Une large dépression s'était creusée en Mer du Nord et un fort vent de Nord Est s'était levé qui maintenant se ruait vers la Manche.

Vladimir, pourtant habitué aux caprices de la mer, était inquiet. C'est pourquoi il accueillit avec soulagement l'annonce du commandant du sous-marin de se séparer. Il serait ainsi plus libre de manœuvrer selon l'évolution de la situation.

Il en était de même pour le *Skarv*, plus petit, qui allait souffrir dans ce mauvais temps.

Le baromètre ne cessait de dégringoler et si cela continuait, ils allaient avoir à affronter une des pires tempêtes de l'hiver.

Déjà à la radio, on commençait à entendre des appels des navires de faible tonnage, entrés en Manche depuis deux jours, qui demandaient un abri aux ports de commerces anglais et français.

La mer, d'agitée était passée en quelques heures de « forte » à « très forte », c'est à dire avec des creux de quatre à cinq mètres. La vitesse du vent glacial, venu de l'Arctique, atteignit une quarantaine de nœuds.

Comme en furie, il balayait toute la surface de la mer qui semblait fumer, soulevant en écume la crête des vagues.

Vladimir fit réduire la vitesse à dix nœuds pour pouvoir mieux contrôler le navire qui partait au surf sur les plus grosses lames.

Prudemment, le *Skarv* était allé se réfugier à Douvres.

Au petit matin du 10 janvier, dans la faible lueur de l'aube, Vladimir constatât que l'horizon était bouché par des averses de neige qui venaient par bourrasques cingler les vitres de la passerelle.

Son inquiétude était tempérée par son expérience car d'une part il avait déjà affronté ce même type de temps et d'autre part il avait confiance dans les 4000 cv. de ses machines pour lui permettre d'étaler cette tempête. D'autre part, il avait pris toutes les précautions de sécurité en faisant fermer toutes les écoutilles et les portes étanches.

Le regard de Vladimir croisa celui, plein d'inquiétude, de l'homme de barre, un marin pourtant expérimenté mais qui, sentant les vagues monstrueuses qui attaquaient de bateau par l'arrière, le faisant tanguer dangereusement, avait manifestement la trouille.

Bien qu'ancien pêcheur du Grand Nord, ce grand gaillard, un peu empâté par la vodka, avait servi dans la Marine comme manœuvrier sur des chasseurs de sous-marin avant de débarquer, son service fini, pour une carrière dans la pêche hauturière.

— Commandant, avez vous déjà vu une tempête comme ça ?

— Oh ! Oui Boris et plus d'une fois et c'était sur de plus petits chalutiers que celui-là et en mer de Barents, avec des glaçons qui dérivaient, presque invisibles dans les bourrasques de neige. Je m'en souviens d'une, la plus grosse que je n'aie jamais affronté, au large de l'île de Jan Mayen, par 72° Nord, où j'ai bien cru ne pas m'en sortir! Un destroyer de notre escorte avait coulé, une gigantesque lame ayant défoncé son avant, l'envoyant par le fond en quelques minutes…

Tout l'équipage était confiné dans ses quartiers avec interdiction de sortir. On se demande bien, d'ailleurs, qui aurait tenté une pareille folie !

Mais le *Svart Mäke* était un bon bateau et encaissait bien les coups de boutoir des énormes masses d'eau.

Par contre ses hôtes n'étaient pas du tout rassurés. Non seulement le mal de mer qu'ils avaient pratiquement depuis leur départ s'était aggravé pendant la nuit, mais encore leur inquiétude, celle qu'ont souvent les passagers ignorant tout de la mer, avait fait place à une peur affichée sur leurs visages blêmes.

Ils se demandaient ce qu'ils étaient venus faire sur cette galère! Si, au départ, ils avaient imaginé que ce serait une croisière agréable qui les changerait de leur train-train habituel, maintenant, confrontés au danger réel de la mer, ils regrettaient amèrement de s'être embarqués dans cette aventure.

Ossip surtout, aurait bien voulu être à présent en train de boire des coups avec ses amis de Saint Petersburg !

Quant à Oleg Alechine, il était étendu sur sa couchette qu'il ne quittait plus depuis déjà quelques jours.

Il avait même envisagé de débarquer n'importe où, pourvu qu'il retrouve la terre ferme !

Compte tenu des impératifs de cette croisière un peu particulière, ils étaient pris au piège car il n'était pas possible de demander au capitaine Tchouïkov de les débarquer!

Vladimir l'en avait dissuadé car l'immigration que ce soit en France ou en Angleterre aurait trouvé sûrement anormal que ces chalutiers débarquent des hommes qui n'avaient rien de pêcheurs professionnels.

C'étaient tous les deux des terriens et, touchant du doigt les réalités de la mer, ils se demandaient quelles étaient les raisons qui pouvaient pousser les hommes à devenir des marins !

L'amélioration était prévue dans quarante huit heures et il ne leur restait plus qu'à prendre leur mal en patience.

Par la suite, dès qu'ils auraient ravitaillé le *Kalouga*, Vladimir pourrait envisager de les débarquer à Brest ou à Saint Malo.

D'après ce qui avait été convenu, le *Kalouga* aurait encore besoin du *Svart Mäke* près du Maroc, mais pas avant la mi-février.

Il avait donc tout le temps devant lui pour descendre vers le sud tranquillement avec des escales aussi nombreuses qu'il le voulait et dans le port de son choix !

La liberté totale de naviguer, ce qui ne lui était jamais encore arrivé. Les hommes allaient être contents ! L'équipage au complet rejoindrait le bord en temps utile.

A bord du *Kalouga*, le lundi 8 janvier,

Pour Sergueï le problème qui se posait était plus ardu.

D'un côté, le mauvais temps annoncé faciliterait sa navigation, car le trafic serait réduit au minimum. Vladimir l'avait informé de la situation météo et avait précisé qu'une grande partie du trafic transmanche était annulé. Seuls navigueraient les gros tankers et porte containers déjà engagés ; les autres navires attendraient l'accalmie dans les ports ou à l'abri du Cotentin.

D'un autre côté, il faudrait redoubler d'attention surtout au passage du Pas de Calais, le « Dover straight » des Anglais. Le DST (dispositif de séparation des navires) imposait des consignes drastiques aux commandants.

De plus, c'est là que la profondeur était la moindre et la progression du *Kalouga* serait très risquée dans les fonds « mal pavés », avec les très nombreuses épaves qui avaient coulé, surtout depuis la dernière guerre mondiale et à la suite du débarquement en Normandie.

Il avait donc décidé de garder une vitesse de sept nœuds pour composer avec les courants et de franchir le rail nord, au plus près des côtes anglaises et à marée haute. Heureusement les coefficients autour de cent étaient favorables. Il garderait, si possible une immersion de vingt cinq mètres, voire moins, en fonction des données du sondeur.

En fait, il n'y aurait environ que pendant une quarantaine de milles que le danger serait au maximum : au fur et à mesure de leur progression vers l'ouest, les conditions s'amélioreraient ; restait le passage devant la base de Devonport, pendant lequel il faudrait ralentir à quatre ou cinq nœuds et maintenir une immersion maximum pour éviter une collision toujours possible avec un sous-marin britannique entrant ou sortant.

C'était un des nombreux aléas qui obérait cette navigation…

A Dieu vat !

Pour la navigation au schnorchel, il avait prévu des périodes d'une heure qui pourraient être réduites en fonction des circonstances et en tenant compte de la durée du jour.

Comme toujours, ces immersions périscopiques lui permettraient de connaître sa position précise en faisant le point avec le GPS.

16

Plymouth, jeudi 11 janvier 2001

Neil Ferguson était de mauvais poil. Il était arrivé à 6 h 30 par le train de nuit qui venait de son Norfolk natal où il avait choisi d'habiter avec sa famille dans le cottage au bord de mer que lui avaient laissé ses parents.

Il râlait surtout car il n'avait déjà pas pu passer les fêtes de Noël en famille à cause une stupide mission, à ses yeux, pour des essais en Mer d'Irlande où il avait patrouillé pendant dix jours.

Sa permission de trois semaines qu'il avait bien mérité après deux mois passés sous l'océan, avait été subitement écourtée, comme s'il y avait eu le commencement de la troisième guerre mondiale !

L'Amiral en personne lui avait demandé gentiment, en fait c'était un ordre qui ne laissait aucun choix, de rallier la base de « toute urgence » car d'obscurs amiraux de l'OTAN avaient décidé de faire participer le « Trafalgar » à des manœuvres au large de l'Écosse, prélude à celles qui devaient se dérouler en Méditerranée fin février.

Son alter ego, le commandant Jonathan Moore, qui commandait en alternance le « Trafalgar », ce gros sous-marin nucléaire, basé à Devonport avait malheureusement dû être hospitalisé en urgence.

Son chauffeur qui l'attendait à la gare, avait tout de suite remarqué son air maussade ce qui n'était pas habituel pour cet officier toujours courtois et affable.

A peine arrivé, il était allé se changer dans le petit appartement mis à la disposition des officiers pendant de courtes escales. Il faut dire que son blouson de cuir et son jean un peu élimé n'était pas une tenue de « captain » pour se présenter à bord !

A son arrivée sur le Trafalgar, vu sa mine renfrognée, ses officiers et les matelots de service s'étaient contentés d'un accueil réglementaire sans insister. Même le Commander Waterford son second, Billy comme Neil l'appelait affectueusement, s'était effacé, attendant que le Patron se calme.

A son retour au carré, Neil un peu détendu après une bonne douche et un bon breakfast, demanda des explications ;

— Alors, Billy que se passe t-il ?

— Neil, je suis désolé pour ta permission mais Watson tenait absolument que ce soit toi qui sois aux commandes car ton expérience des manœuvres avec l'OTAN fait que tu es indispensable ! Il n'était pas question qu'un autre te remplace.

— Arrête tes flatteries ! et dis-moi plutôt le programme.

— Nous devons partir dans les meilleurs délais car nous devons être à Scapa Flow dans huit jours au plus tard ! Les manœuvres se dérouleront avec les Français, les Américains, les Hollandais et les Norvégiens en Atlantique et en Mer du Nord. Je te signale qu'un fort coup de vent est prévu pour les jours qui viennent et qu'on risque de se faire chahuter jusqu'aux Scilly !

— Le bateau est paré, on n'attend plus que tes ordres…

— Parfait, Billy je vois que je peux toujours compter sur toi : un grand merci.

Après avoir vérifié les documents du bord et téléphoné à l'Amirauté, le Captain Ferguson donna l'ordre d'appareiller.

Il y avait environ six milles à parcourir pour atteindre le large et c'est tranquillement que le Trafalgar quitta le quai à vitesse réduite.

Dès l'embouchure de la Tamar, le vent commença à forcir et ils quittèrent la passerelle pour se mettre à l'abri.

Il laissa à bâbord le brise lame sur lequel de grosses vagues s'écrasaient et le bâtiment s'engagea dans la Manche, dans une forte houle, vers 10 h.

Passé de trois milles le cap de Rame, il ordonna l'immersion périscopique, puis la plongée à 90 pieds, cap au 240, vitesse vingt nœuds.

A cette allure, ils seraient près des Scilly dans environ quatre heures.

Vers 16 heures, ils croisaient le cap Lizard. Neil garda la même route et fit augmenter la vitesse à vingt huit nœuds, car il avait hâte de sortir de la Manche pour se retrouver à l'abri de la houle, après le cap de Cornouailles.

A bord du *Kalouga*, jeudi 11 janvier 16 h 30.

Sergueï avait eu un sommeil agité : depuis leur départ il était sous tension et maintenant plus que jamais. Cette traversée de la Manche, à haut risques, n'était pas encore finie et il ne serait soulagé que dans au moins une dizaine d'heures.

La profondeur s'étant considérablement accrue, Sergueï demanda de descendre à cinquante mètres. Ils venaient de passer au large du cap Lizard quand Yuri, qui venait juste de reprendre son poste au sonar après deux heures de repos, eut son attention attirée par un bruiteur inhabituel.

Tout au long de la navigation qui les avait conduits de la mer de Barents à la Manche, les signaux perçus correspondaient à des bruits d'hélices des navires qui sillonnaient ces mers très fréquentées.

Maintenant c'était différent. Le bruiteur évoquait nettement des hélices sans cavitation, témoins de la présence d'un sous-marin. Il devait être très proche vu la rapidité du retour de l'écho et se rapprochait dangereusement. Ce ne pouvait être qu'un sous marin britannique de la base de Davenport, ce qu'ils redoutaient le plus.

Il entra ce bruiteur dans sa base de données : c'était bien un sous marin nucléaire d'attaque de la classe Trafalgar.

Il prévint aussitôt Sergueï qui fit réduire immédiatement la vitesse du *Kalouga* et ordonna de descendre lentement à soixante mètres. Tous se regardèrent avec anxiété, une boule dans la gorge.

A la faible vitesse à laquelle ils évoluaient, il y avait très peu de risque qu'ils soient détectés, mais le bâtiment anglais n'étant pas en manœuvre, pouvait très bien utiliser son sonar actif et envoyer un « ping » qui les aurait aussitôt démasqués !

L'attente dans le silence absolu fût pénible mais au fur et à mesure que le Trafalgar s'éloignait, l'espoir de sortir indemne de cette rencontre qui aurait pu être fatale, se précisait.

Finalement, soit la protection de Saint Nicolas soit tout bonnement la chance, la traversée de la Manche toucha à sa fin.

Les périodes d'immersion périscopique avaient été désagréables en raison du mauvais temps, mais maintenant le calme revenu, les dernières heures de plongée étaient devenues plus confortables.

Le *Svart Mäke*, ralenti par la tempête avait cependant continué sa route, poussé par les énormes vagues ; il avait rejoint le point de rendez-vous à temps, avec même quelques heures d'avance, pendant lesquelles il avait fait de larges cercles à faible vitesse.

Sur la passerelle, pendant deux jours, la veille avait été renforcée car dans cette mer déchaînée, les bateaux n'étaient pas manœuvrant et les risques de collision accrus.

Vladimir avait donné l'ordre au *Skarv* de quitter Douvres dès que le temps se serait amélioré et de regagner Kirkenes au mieux de ses possibilités.

*

A bord du *Kalouga* l'équipage, après deux jours de tension extrême, avait à nouveau repris son assurance et son calme. Le dernier point GPS avait confirmé que la route était bonne, les écarts avec l'estime raisonnables et que le point de rencontre serait atteint dans les temps.

Effectivement, Sergueï ayant ordonné l'immersion périscopique, la reprise de vue avait montré les feux de navigations du *Svart Mäke* dont le spectre acoustique avait été déjà identifié par Yuri avant leur premier contact.

Loin au nord, venant de la mer d'Irlande le radar montrait deux navires qui faisaient route vers le sud-ouest.

Dans la nuit noire de janvier, le *Kalouga* fit surface à cent mètres du chalutier dont il se rapprocha à faible vitesse.

Par discrétion, seuls les feux de ponts bâbord du *Svart Mäke*, qui faisaient face au large, avaient été allumés.

A couple, le *Kalouga* fit rapidement les pleins de fuel, d'eau douce et de nourriture fraîche.

Sergueï monta à bord pour remercier le capitaine Tchouïkov et saluer une dernière fois Oleg Alechine et Ossip qu'il ne reverrait pas de si tôt.

Les deux mafiosi, remis de leurs émotions le félicitèrent : tout le monde lui souhaita une bonne traversée de l'Atlantique qui serait, à coup sûr, plus facile que la précédente.

Après avoir vidé un verre d'une excellente vodka et remercié d'une chaleureuse poignée de main le capitaine puis Oleg et Ossip plus mollement, Sergueï regagna son bord pour l'appareillage.

Dimitri avait pris la manœuvre et le *Kalouga* déhala lentement en arrière lente, puis ayant mit le cap au 240, ordonna l'immersion à cinquante mètres.

Leur route passerait au nord-est des Açores ; il y avait encore le SOSUS mis en place pendant la guerre froide mais qui maintenant, d'après les informations des services secrets russes, ne servait plus qu'aux scientifiques pour l'étude des cétacés.

Mais par prudence, il valait mieux passer bien au large.

Depuis que le *Kalouga* avait fait surface pour refaire ses pleins, l'équipage avait pu profiter de ces quelques heures pour aller respirer l'air frais et pour certains, fumer quelques cigarettes !

La tension de ces jours était maintenant retombée et ils envisageaient l'avenir avec confiance.

Ragaillardis par cet intermède, ils reprirent la mer pour une navigation d'une vingtaine de jours pour avaler les trois mille trois cent milles qui les séparaient de leur prochaine destination, au large du Venezuela.

Les risques de se faire détecter étant moindre, Sergueï envisageait de faire surface de temps à autres pendant le temps de recharge des batteries. Ainsi, tous pourraient passer un moment à respirer l'air tiède de l'Atlantique tropical.

La première partie de l'opération avait réussie…

17

Côte Nord du Venezuela, mardi 30 janvier 2001

José écrasa pour la centième fois au moins, un moustique posé sur sa joue. Le soir tombait et ces sales bestioles attaquaient en masse. Il était adossé à un tronc de palétuvier à quelques mètres au dessus de la Manamo, la partie finale de l'Orénoque, qui s'écoulait paresseusement dans le delta de l'Amacuro ; l'endroit était désert mais son arme était quand même accrochée, à portée de main, à une branche basse, sait-on jamais ! Cela faisait maintenant cinq jours qu'il était arrivé avec Fernando pour réceptionner la marchandise. Toutes les nuits, des pirogues silencieuses se glissaient dans la mangrove pour débarquer leur chargement.

Il n'en avait jamais vu autant ! Les ballots étanches de vingt cinq kilos s'entassaient sous une bâche de camouflage dans l'abri qu'ils avaient sommairement aménagé. Lazaro lui avait dit qu'il y en aurait une soixantaine! Du jamais vu.

Dans la nuit de jeudi, au plus tard, deux canots rapides devaient venir chercher les ballots pour les charger à bord de la *Ciudad Bolivar*, un vieux pétrolier qui attendait au mouillage, dans le golfe de Paria.

Le transbordement se ferait ainsi de nuit entre 9 h et 11 h, dans la plus grande discrétion. De toute façon les garde-côtes ne se montreraient pas car Lazaro Ortega avait fait le nécessaire.

C'était un des gros bonnets du cartel del Norte del Valle, le plus important de Colombie, qui travaillait aussi pour celui de Trinidad et Tobago, depuis longtemps déjà.

C'est dire qu'il connaissait parfaitement tous les rouages de l'administration Vénézuélienne et Trinidadienne et savait où il fallait « graisser ».

Samedi, José serait de retour chez lui avec les dix mille dollars qu'il aurait reçus et pourrait faire une belle fête.

*

A bord du petit pétrolier le temps s'écoulait lentement. En cette fin janvier, la température était agréable et les alizés freinés par l'île de Trinidad ne parvenaient pas à agiter la mer. Pour Luis-Mario Olivares, le capitaine, cette nouvelle affaire tombait à point.

Les cent mille dollars qu'il allait toucher lui permettraient de payer les retards de salaires de l'équipage et de faire procéder aux quelques réparations de la machine qui s'imposaient.

Lazaro l'avait contacté la semaine précédente à Porto La Cruz où il était venu remplir ses soutes de fioul pour une livraison à Georgetown en Guyana.

Les bonnes affaires étant rares, il avait accepté tout de suite les conditions d'autant que cette fois, il n'y avait à son avis que très peu de risque : les autorités connaissaient son bateau et il ne figurait pas au fichier des navires suspects. La cargaison serait dissimulée dans des soutes à double fond et il n'avait qu'un seul jour de mer pour aller au point de rendez-vous fixé à environ deux cent milles à l'est de Tobago.

De là, il irait directement comme prévu à Georgetown effectuer sa livraison de fioul. Tout ce qu'il savait de ce mystérieux rendez-vous en mer est qu'il devrait livrer sa cargaison de nuit le plus rapidement possible et être ponctuel. Pas d'inquiétude, il le serait à coup sûr…

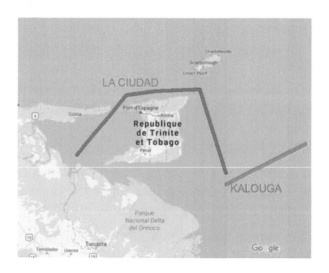

*

Fernando revenait de sa patrouille : tout était calme. Après avoir bu quelques gorgées d'eau et un peu de rhum avec José, ils s'aménagèrent un coin plus confortable pour somnoler. Lazaro ne devraient plus tarder. C'était leur chef, ils le respectaient et le craignaient car le señor Ortega n'était pas du genre tendre.

La nuit était tombée depuis deux heures, quand un léger ronronnement de moteur et le bruissement de coques qui glissaient dans les eaux noires attirèrent leur attention. Ils aperçurent dans la pénombre les deux grands canots pilotés par Lazaro et Miguel, faiblement éclairés par la lune qui s'était levée. C'était des simples coques en plastique de six mètres, entièrement vides, propulsées par un gros moteur hors-bord, telles qu'on en voit dans tout le delta de l'Orénoque.

Lazaro fit avec sa lampe le signal lumineux convenu auquel répondit José.

À présent, l'étrave du premier canot cognait sur les racines des palétuviers. José se déplaça pour prendre le bout que lui tendait Lazaro. La marée était haute et il n'eut aucune peine à tirer le premier

183

bateau près de la cache où se trouvait la marchandise.

Lazaro lui serra la main sans un mot et les hommes se mirent au travail ; Miguel avait amarré son embarcation à l'arrière de celle de Lazaro. En moins d'une heure les soixante ballots de vingt cinq kilos se retrouvaient dans les embarcations. José et Fernando ayant rejoint les autres à bord, lentement et silencieusement, les deux barques surchargées se frayèrent un passage dans la mangrove.

Ils voyaient la lune qui éclairait maintenant le golfe de Paria au travers de la voûte des branches des palétuviers.

Dès que la profondeur fut suffisante et qu'ils ne risquaient plus d'abîmer les hélices sur des racines, ils accélérèrent légèrement ; les deux embarcations prirent la direction du large, tous feux éteints. Miguel suivait Lazaro qui scrutait la nuit tropicale. A part la plate forme pétrolière de la Gulf qui brillait de mille feux sur sa droite, à l'horizon on voyait au loin les lumières de la ville de Port of Spain et les feux de quelques cargos au mouillage devant l'entrée de la rivière San Juan, à sa gauche.

Ils maintenaient une faible vitesse, ne voulant prendre aucun risque pour leur chargement : dans une demi-heure, au plus, ils seraient arrivés.

*

La *Ciudad Bolivar* tirait mollement sur son ancre. Le capitaine Olivares regardait vers le sud, guettant l'arrivée des canots. Il était dix heures passé quand il entendit un faible bruit de moteurs venant de l'arrière de son bateau. Quelques minutes plus tard il vit les éclats lumineux et répondit à ce signal. Maintenant il distinguait, faiblement éclairées par la lune, les deux barques qui ne tardèrent pas à aborder par tribord arrière. Aussitôt le bosco fit pivoter le mât de charge avec son filet et déroula l'échelle de corde habituellement destinée au pilote. Lazaro, s'agrippa à l'échelle et monta sur le pont avec un bout à la main, pour amarrer les deux barques reliées entre-elles. Rapidement les hommes commencèrent à charger les ballots.

En moins d'une heure, la cargaison changea de bord. Lazaro fit signe à Miguel que les bateaux pouvaient repartir ; celui-ci resta dans son canot avec José et quitta le pétrolier, rapidement suivi de l'autre embarcation pilotée par Fernando.

Lazaro leur cria un « Adios ! » et ils disparurent dans la nuit. Il monta sur la passerelle pour saluer le capitaine qui lui tendit la main :

— Tout va bien, capitaine ? demanda-t-il.

— Le sourire, qui ressemblait plus à une grimace et le clin d'œil du capitaine suffirent à le rassurer. Déjà les ballots avaient disparu dans une soute, enveloppés dans de grands sacs de plastique étanches, par le trou d'homme qui permettait les visites de sécurité. Il vérifia que le bosco avait bien fermé les écoutilles. Par précaution, un matelot mit quelques points de soudure sur les boulons et passa un chiffon graisseux sur le tout.

— Le Capitaine remonta sur la passerelle pour donner l'ordre d'appareiller. Lazaro regarda la côte s'éloigner. Sa mission s'était pour l'instant bien déroulée, tout au moins le plus risqué était passé. Restait maintenant la livraison de la cargaison au sous-marin.

Le halètement de la machine de la *Ciudad Bolivar* accéléra son rythme. Il avança lentement vers le nord, jusqu'à la passe des Bouches du Dragon. Une fois ce petit détroit franchit, Olivares fit augmenter la vitesse pour contourner Trinidad par le nord.

Il était minuit passé, ce mercredi 31 janvier et il lui restait cent quatre vingt dix milles pour atteindre le point de rendez-vous avec l'autre navire qui avait été fixé à 11° Nord et 59° Ouest. A la vitesse moyenne de dix nœuds, il serait sur zone le soir même vers 19 heures.

Il invita Lazaro à passer au carré pour boire un whisky noyé d'eau glacée puis ils allèrent s'étendre sur leurs couchettes.

Lazaro s'endormit rapidement pensant à son retour, mission accomplie. Sa situation matérielle serait assurée pour longtemps avec ce que Don Diego allait lui donner. C'était la plus grosse des livraisons qu'il ait eu à effectuer : une tonne et demie !

À la revente en Europe il n'y en avait pour plus de cent millions de dollars et même avec les autres frais de transport et les commissions aux intermédiaires, il resterait au cartel environ soixante dix à quatre vingt millions de dollars!

Si cette opération pouvait se reproduire encore une à deux fois, il pourrait prendre sa retraite et s'acheter ce bar de Maracaïbo qu'il convoitait depuis longtemps.

Il fut tiré de son sommeil par le tangage du pétrolier qui pénétrait maintenant dans l'océan dont les alizées soulevaient légèrement la mer sur laquelle ont distinguait, dans le clair de lune quelques moutons.

A bord de la *Ciudad Bolivar*, mercredi 31 janvier.

Il était maintenant environ dix heures et après un bon petit déjeuner Lazaro alla voir le capitaine qui l'accueillit avec un grand sourire. Tout se passait bien: pas de bateaux inquiétant à l'horizon ni d'avions ou d'hélicoptères de surveillance : en effet, depuis quelques temps les services des douanes de Trinidad aidés en cela par les Marines de Guerre des pays limitrophes, les Français des Antilles, les Américains et même les Anglais avaient renforcé la surveillance et pris l'habitude de faire des contrôles sur les cargos et même les bateaux de plaisance navigant dans les Caraïbes.

Ils les arraisonnaient en pleine mer et procédaient alors à une fouille minutieuse.

Dans huit heures environ, la nuit tomberait et avec elle le risque de se faire contrôler. D'après ses calculs il devait atteindre le point de rendez-vous à la nuit tombée.

Il espérait que le navire serait ponctuel car cela ne lui disait rien de passer encore une journée entière avec sa dangereuse cargaison. D'autant qu'un retard de vingt quatre heures à Georgetown ne manquerait pas d'être remarqué et il lui serait difficile de fournir une bonne excuse aux autorités toujours soupçonneuses. Encore que, vu l'état de vétusté de son bateau, le prétexte d'une avarie pouvait être plausible.

Pour le moment, à part des supertankers qui faisaient route vers Maracaïbo à quinze milles sur bâbord avant, la mer était déserte. L'alizée tomberait très probablement au coucher du soleil, aplatissant la mer, ce qui faciliterait les opérations de transbordement.

Il passa la fin d'après-midi avec Lazaro au carré à discuter de choses et d'autres.

Il aimait bien Ortega qu'il avait connu à Maracaibo, il y avait maintenant cinq ans. Celui-ci travaillait alors dans un restaurant qu'il fréquentait quand il était en escale pour plusieurs jours. Depuis, il faisait partie du Cartel au sein duquel il avait pris du galon et c'est lui qui l'avait contacté pour cette affaire.

Après un léger dîner qu'ils prirent ensembles, ils allèrent se reposer.

Vers 18 h. le matelot de quart à la passerelle vint le réveiller. Le capitaine se passa un peu d'eau sur le visage, noirci par une barbe de plusieurs jours et se dirigea vers la passerelle : Lazaro y était déjà. Ils burent une tasse de café bien fort et il se concentra sur les instruments.

Le GPS annonçait que le point de rencontre serait atteint, compte tenu de la vitesse actuelle, dans une heure dix. Comme il l'avait pensé, le vent était complètement tombé et la *Ciudad* roulait doucement sur une houle noire. Ayant connu la navigation à l'ancienne, il s'émerveillait toujours que les appareils modernes puissent lui permettre de retrouver un point précis en plein océan à une dizaine de mètres près !

Dix minutes avant l'heure, il fit stopper la machine et le bateau fila sur son erre.

Il n'était plus qu'à un mille théorique du point de rencontre et il ne voyait toujours rien. L'écran radar était noir, à part un faible écho qui se déplaçait lentement loin sur l'avant, cap au sud.

Le bateau attendu serait donc en retard car au mieux, s'il apparaissait maintenant sur l'écran radar, il lui faudrait quand même plusieurs heures pour arriver !

Son front se plissa car il n'aimait pas les situations imprévues. Il se retourna vers Lazaro dont le visage affichait une sérénité complète et même sifflotait en tirant sur son cigarillo.

Lazaro s'aperçut de l'inquiétude du capitaine et le rassura par un grand sourire :

— Pas de souci, mon ami, tout va bien se passer. Fait éclairer le pont.

Accoudé à la lisse, se laissant balancer par la houle, le capitaine regardait l'eau noire, éclairée sur les côtés du bateau par les projecteurs du pont.

Tout à coup, qu'elle ne fut pas sa surprise de voir un puissant rayon lumineux sur son arrière à tribord. Éberlué, il vit dans le faisceau se profiler la coque noire d'un un sous-marin !

Lazaro l'avait rejoint :

— Tu vois bien qu'il n'y avait pas de raison de t'inquiéter, dit-il avec un sourire malicieux.

Toujours médusé, le capitaine Olivares voyait la longue coque, aussi grande que celle de la *Ciudad* s'approcher. Tout l'équipage était maintenant sur tribord pour voir ce spectacle insolite. Beaucoup n'avaient jamais vu de sous-marins et la curiosité le disputait à l'étonnement. Ils descendirent les vieux pneus qui servaient de pare battages de façon à ce que le bâtiment puisse venir se mettre à couple et jetèrent une amarre à l'avant et l'arrière.

Dans le kiosque qui arrivait à la hauteur du pont, il vit trois hommes en tenue de quart orange, portant des galons.

Lazaro s'adressa à eux dans un mauvais anglais fortement teinté d'accent espagnol :

— Bonsoir Commandant. Bonne route, pas d'ennuis ?

— Tout va bien répondit Sergueï. On commencera par le plein de fioul, d'eau et de vivres.

— Lazaro traduisit en espagnol car l'anglais du capitaine Olivares était limité à quelques phrases indispensables pour l'approche des ports anglophones des Antilles.

Aussitôt, les matelots de la *Ciudad* commencèrent à faire descendre les tuyaux pour l'avitaillement qui furent saisis par les sous-mariniers déjà sur le pont près de l'écoutille du sas avant. Le capitaine donna l'ordre de sortir les ballots de la soute ; ils apparurent sur le pont dans leurs emballages souillés par les résidus de pétrole, en furent retirés et empilés au fur et à mesure dans le filet de la palanquée. Sous les ordres du bosco, le mât de charge pivota et les premiers paquets commencèrent à descendre sur le pont du *Kalouga* : il y en avait quatre palanquées de quinze et tout fut transbordé en moins d'une heure.

Pendant ce temps quatre cent tonnes de fioul ainsi que l'eau douce changèrent de soutes avec quelques cageots de fruits et de légumes frais et de la viande.

Lazaro serra une dernière fois la main de son ami le capitaine Olivares et descendit par l'échelle de corde, sur le sous-marin.

Il veilla sur l'embarquement des précieux ballots en vérifiant soigneusement le nombre : il en avait la responsabilité jusqu'à leur livraison en Espagne.

Sergueï donna l'ordre de les entreposer dans le compartiment avant des torpilles où, en leur absence, la place ne manquait pas.

Quand les soixante ballots furent enfin dans le *Kalouga*, il fit un grand signe amical à tout l'équipage de la *Ciudad* : Olivares commanda de larguer les amarres et le sous-marin s'éloigna lentement de la coque du pétrolier

Lazaro son sac à la main, se dirigea vers l'écoutille avant et descendit prestement dans le bâtiment. Un marin s'approcha de lui et lui fit signe de le suivre.

C'était la première fois qu'il montait à bord d'un sous-marin et il eut tout de suite l'impression de confinement et de malaise qui n'allait aller qu'en s'accentuant tout au long de la traversée vers l'Espagne.

18

Moscou, 18 janvier 2001.

La réunion avec le ministre et le Politburo avait été houleuse.

Karpov avait été la cible de toutes les critiques : c'était lui le seul responsable et il aurait dû être plus vigilant quant au comportement de ses subalternes.

De plus, le chantier de Poliarniy étant de son ressort il était inadmissible que la disparition d'un sous-marin soit passée inaperçue.

Il se souviendrait toute sa vie de l'affront qu'il avait subi.

Penaud, tête basse, les dents serrées, il avait encaissé ces remontrances sans broncher.

— Amiral, avait dit le Ministre en conclusion, compte tenu de vos états de service nous ne prononçons aucune sanction à votre égard. Mais sachez que nous vous laissons trois mois pour retrouver Klykov et résoudre ce problème qui entache la Marine et toute la Russie. Faute de quoi vous partirez en retraite anticipée sans indemnité.

— Bien Monsieur le Ministre, avait-il répondu avec peine, blessé dans son orgueil.

Il s'était levé lentement de son siège, avait salué réglementairement et était sorti, d'un pas lent.

Rentré le soir même de Moscou, maintenant assis à son bureau, il réfléchissait pour savoir comment il allait s'y prendre pour trouver une solution honorable à cette affaire qui risquait de briser sa carrière.

Il n'était pas d'un caractère vindicatif et n'allait pas se venger bassement sur ses subordonnés, bien qu'il y ait eu de grave manquement à la discipline et aux obligations de service. Sans excuser les fautes qui avaient été commises, il comprenait que la plus part des officiers étaient démotivés par la déliquescence de l'Armée et de l'État en général. D'ailleurs, il attribuait à celle-ci la conduite de Klykov qui n'aurait jamais eu un tel comportement dix ans auparavant.

Sur le plan pratique, il fallait agir rapidement.

Il appela son Chef d'État-major, les responsables des services de sécurité ainsi que le Chef du FSB de l'oblat de Mourmansk et leur exposa ce qu'il savait. Ils devaient se mettre au travail immédiatement et il les convoqua le lundi 22 à 8 h pour faire le point.

A son ton, tous comprirent qu'ils se devaient d'être efficaces car les sanctions ne manqueraient pas de tomber, même en comptant sur la mansuétude de l'Amiral.

A son chef d'Etat-major qui était resté, il donna l'ordre de diffuser à toutes les unités à la mer l'avis de recherche du *Kalouga*.

Le lundi, les premiers résultats de l'enquête étaient arrivés. Bien que minces ils constituaient une base de départ intéressante.

Le chef du GRU, les services de renseignements militaires, confirmait que le Colonel Artelev avait bel et bien disparu depuis maintenant trois semaines et qu'on n'avait aucune nouvelle depuis lors. Son bureau avait fait l'objet d'une fouille minutieuse sans qu'aucun document concernant l'affaire n'ait été trouvé. Sa secrétaire l'avait vu quitter son bureau précipitamment le soir du vendredi 29 décembre et il n'était pas revenu, laissant ses affaires en plan ce qui n'était pas dans ses habitudes.

De son côté le chef du FSB les avait informés qu'ils avaient perdu la trace de la famille de Klykov à La Havane mais que l'enquête se poursuivait.

Karpov en conclu qu'il fallait centrer les recherches dans l'Atlantique Nord, une trentaine de degrés de latitude de part et d'autre du tropique du Cancer ce qui représentait une immense zone à surveiller et vu le petit nombre de bâtiments en mer à cette époque de l'année la probabilité de retrouver le *Kalouga* était on ne peut plus faible.

Qu'importe, les ordres étaient partis et il fallait attendre…Il savait que le temps jouait contre lui mais que faire d'autre ?

19

A bord du VOLK, 18 Février 2001, 22 h.

Le commandant Alexis Alexandrovitch Demi-dov était serein. Le QG des Forces Navales sous-marines lui avait assigné d'aller dans un premier temps patrouiller en mer du Nord, puis de passer par la Manche pour rejoindre la Méditerranée où devaient se tenir des manœuvres combinées de l'OTAN.

La navigation, commencée fin janvier, s'était bien passée et la première partie de sa mission aller s'achever.

Il y était d'ailleurs déjà venu en Méditerranée lors d'une mission d'accompagnement du groupe aéronaval de la Flotte du Nord en 1995, alors qu'il n'était que second. Et il gardait un bon souvenir de la navigation dans ces eaux tempérées qui même par mauvais temps n'avaient rien à voir avec celle de la Mer du Nord ou de Barents.

Il dirigeait maintenant le *Volk*, un gros submersible nucléaire de la classe Akula II, vers Gibraltar puis Mers El-Kébir où il était attendu, invité par la Marine algérienne, bonne cliente, qui avait fait l'acquisition en 1997 d'un sous-marin diésel de type Kilo baptisé, El Hadj Moubarek.

C'était l'occasion pour lui et son équipage de faire une pause et l'accueil des Algériens était toujours très chaleureux.

Le commandant ne pouvait s'empêcher de penser, comme d'ailleurs tous les sous-mariniers russes, à cette extraordinaire disparition du *Kalouga* en début d'année qui avait secoué toute la Marine.

Cet événement stupéfiant l'avait personnellement affecté car il connaissait bien Sergueï Klykov pour avoir servi sous ses ordres quelques années auparavant. Dans ses consignes de navigation, bien entendu, l'amirauté lui avait demandé de rechercher activement le *Kalouga*, comme à toutes les unités en mer. C'était cependant trouver une aiguille dans une meule de foin ! Car l'océan est vaste et tous les services de renseignement mobilisé n'avaient pu fournir le moindre indice. Le *Kalouga* avait bien pu se rendre aux USA comme cela s'était déjà produit, ou bien ailleurs ou même avoir disparu définitivement. Mais ce n'étaient que des hypothèses. Toujours est-il que la Marine russe avait à nouveau essuyé un revers.

Cela n'avait cependant que peu de conséquences sur l'armement russe car ce type de sous-marin déjà ancien comme le *Kalouga*, bien que vendu trois cent millions de dollars à d'autres pays comme l'Algérie, la Chine ou l'Iran, n'était plus commercialisable. Les nouveaux modèles pensés par les bureaux d'études de Saint-Pétersbourg étaient beaucoup plus performants.

Nous étions le 18 février au large des côtes espagnoles, non loin du détroit de Gibraltar. Tout était calme. Dans quelques heures ils arriveraient à Mers El-Kébir pour prendre quelque temps de repos avec une permission de détente qui serait appréciée par tous, sous l'agréable climat de l'Oranais.

A cent mètres de profondeur et à une vitesse de vingt huit nœuds, le *Volk* poursuivait sa route vers le sud-est, dans le 126. Les opérateurs SONAR surveillaient comme à l'accoutumée leurs écrans, sans un mot et l'oreille aux aguets. Le lendemain, il ferait surface pour signaler leur position à l'Amirauté qui annoncerait leur arrivée aux autorités algériennes. De toute façon, il n'avait pas l'intention de passer inaperçu car la veille de l'OTAN dans le détroit de Gibraltar était trop bien faite.

À 22 h10 il y eu brusquement une flambée d'excitation dans tout le navire. L'opérateur SONAR, le second maitre Poliakov, appela le PC Opérations pour annoncer :

— Commandant, nous avons détecté un nouveau bruiteur, hélice sans cavitation, dans l'azimut 120 / 130.

Alexis se précipita immédiatement au poste SONAR : en effet, on avait repéré le bruit d'une ligne de moteur sur tribord avant.

Il commanda d'effectuer des bases de triangulation pour déterminer, avec plus de précision, la distance de l'objectif.

20

A bord du Kalouga, 18 février 2001.

Depuis leur départ le 26 janvier des côtes sud américaines, la navigation avait été calme et monotone avec l'alternance de périodes de plongée, de marche au schnorchel et même de temps en temps, la nuit, de navigation en surface. Celle-ci permettait à chacun, à tour de rôle, de venir respirer l'air tiède de l'Atlantique tropical.

Après une cinquantaine de jours de mer, seulement interrompus par les quelques heures passées en surface au cours des deux avitaillements, Sergueï avait hâte d'arriver à destination pour décharger sa cargaison et repartir rapidement rejoindre les siens. C'était bien entendu aussi le vœu de tout l'équipage.

Malgré la facilité relative de cette partie de la navigation, une certaine tension se faisait sentir à bord. Tous les membres de l'équipage sauf Dimitri, retraités pour la plupart depuis quelques années, avaient perdu l'habitude de cette vie confinée et de cet isolement. De plus, comme ils étaient en très petit nombre, la charge de travail, nettement sous évaluée, avait entraîné une grande fatigue et après ces semaines de mer, les rapports si chaleureux au début s'étaient quelque peu dégradés.

À force de se côtoyer vingt quatre heures sur vingt quatre, une certaine irritabilité s'était installée. Ils étaient aussi inquiets pour leur famille dont ils étaient sans nouvelles depuis presque deux mois. Pourvu que tout se soit bien passé et que tous aient été bien mis en sécurité.

Enfin, dans quelques heures ils seraient au rendez-vous, la mission serait accomplie et il pourrait repartir, le cœur plus léger pour une dernière quinzaine de jours de navigation. Et après tous les espoirs étaient permis …

Tout s'était bien déroulé depuis leur départ, le bâtiment marchait comme une horloge, sauf la veille où un problème était apparu au niveau de l'un des deux groupes électrogènes qui rechargeaient les batteries après la dernière heure au schnorchel. Il était tombé en panne vers 21 h 30. Ce n'était pas très grave en soi, mais cela les avait obligés à ralentir considérablement, en attendant la réparation. Bref, ils avaient perdu presque huit heures, soit une cinquantaine de milles.

Alors qu'il pensait en arrivant près des côtes espagnoles se montrer plus discret, il avait dû conserver la vitesse presque maximum de dix huit nœuds ce qui le rendait plus facilement repérable. D'autant qu'il n'avait pas pu sortir la « flûte » (antenne linéaire remorquée composée de nombreux capteurs hydro phoniques à la suite) qui leur aurait permis de faire une veille SONAR plus fiable vers l'arrière, mais les aurait ralentis.

Tant pis, c'était un risque à prendre et Dimitri comme Kalganov avaient donné leur accord car il était capital d'être ponctuel.

Il était maintenant 23 h passé et dans une heure il fallait être au point de rendez-vous.

À 23 h 15 il donna l'ordre aux membres de l'équipage disponible de l'aider à transporter avec Lazaro, les ballots près du sas avant pour être prêt à les sortir rapidement. Il resta donc à l'avant avec le vénézuélien que cette traversée avait visiblement éprouvé. Ce n'était plus le même homme qui était descendu de 384la *Ciudad*. Isolé, dans un monde hostile où il n'avait que très peu de contacts avec l'équipage faute de parler le russe, il était devenu taciturne et sur son visage, ses traits tirés témoignaient de sa lassitude.

Avec Sergueï et Dimitri, ils avaient bien compté et recompté les ballots numérotés qui devaient être évacués en un quart d'heure maximum.

Le commandant retourna au central et ordonna de réduire la vitesse et de préparer l'immersion périscopique pour une reprise de vue. Le tour d'horizon ne lui montra aucun danger et lui permit de vérifier sa position exacte avec le GPS.

La navigation à l'estime avait été bonne et ils se trouvaient à six milles seulement de leur point de rencontre.

Sergueï voyait au loin les lumières du port de Cadix. Il ralentit à sept nœuds puis lança les diesels, avant de faire surface pour rejoindre le point convenu. Le bruit de la chasse aux ballasts emplit de joie tout l'équipage : enfin, ils arrivaient au but !

La panne récente, la fatigue de cette longue traversée entreprise depuis la fin de l'année, avaient eu raison de leur enthousiasme du départ.

Il était 23 h 45. La course folle depuis la veille était terminée et ils étaient à l'heure.

Sergueï debout dans le kiosque aspira une bouffée d'air frais qui lui fit du bien.

Avec ses jumelles, il rechercha vers la côte un signal lumineux : comme rien n'était visible, il émit un bref message codé en radio en VHF, à l'intention des bateaux espagnols.

Étant légèrement en avance, il pensa que les signaux optiques convenus ne se feraient qu'au dernier moment, juste avant minuit.

Il descendit rejoindre Lazaro à l'avant du bâtiment.

Il tenait personnellement à superviser l'évacuation des ballots avec Lazaro pour être sûr qu'il n'y aurait aucun problème par la suite.

Tout était prêt.

Il remonta dans le kiosque pour scruter l'horizon.

A 23 h 52, Dimitri l'averti qu'il avait reçu une réponse au message radio.

En effet, Sergueï, aperçu le signal lumineux au ras de l'eau qui venait du nord-est, émis sûrement par les bateaux qui s'approchaient.

A bord du *Volk*, le même jour.

Au fur et à mesure de leur avance, le signal s'amplifiait. L'ordinateur comparant le spectre de fréquences pures émises par ce bruiteur dans sa base de données conclut qu'il s'agissait d'un SSK de type Kilo. Alexis demanda à l'opérateur de vérifier si une raie particulière de fréquence ne pouvait pas lui apporter plus de précision pour identifier le bâtiment.

Il pourrait y avoir dans ce secteur un sous-marin algérien mais il était officiellement en maintenance, euphémisme qui signifiait qu'il n'était pas opérationnel.

Le premier-maître Poliakov lui communiqua quelques minutes plus tard le résultat des ses recherches : il correspondait à son pressentiment…

— « Ce ne peut être que lui, c'est sûrement le *Kalouga* ! » pensa-t-il aussitôt.

En effet, des modifications de son hélice lors de sa dernière refonte en 1998 avaient été prises en compte et son nouveau spectre entré dans les bases de données de tous les navires russes.

Puis il ordonna de remonter rapidement à l'immersion périscopique pour pouvoir envoyer un message radio de « situation report » à l'Amirauté.

À 23 h, la réponse codée arriva, laconique :

« Destruction immédiate ».

Le commandant fit replonger le Volk à cinquante mètres et ordonna de faire les manœuvres nécessaires pour avoir une estimation de la distance qui séparait les deux sous-marins.

— Distance cible environ huit mille mètres, relèvement un-deux-cinq, vitesse dix huit nœuds, Commandant.

Puis il fit mettre le *Volk* dans l'axe de la route du *Kalouga* qui lui naviguait au zéro-cinq-cinq, en restant à bonne distance. La tension monta d'un cran dans tout le bâtiment.

— Il ne nous a pas repéré dit Alexis.

En effet, le *Kalouga* naviguait à dix huit nœuds vers la côte espagnole et ses antennes latérales ne pouvaient écouter les bruits venant de son arrière.

Le Commandant donna ses ordres :

— Route au zéro-cinq-cinq sur le contact.

La chasse était ouverte : le *Volk* filait le *Kalouga*.

Les hauts parleurs annoncèrent :

« Diffusion générale » :

« Passer sur éclairage nuit ! »

« Situation super silence ! Discrétion acoustique niveau maximum »

« Aux postes de combat »

Dans le calme tout l'équipage gagna son poste. Le silence fut immédiatement total.

À 23 h 30, le Volk accéléra légèrement pour se rapprocher du Kalouga.

Perplexe et tendu, Alexis aligna la vitesse du Volk sur celle de l'autre sous-marin.

Il se demandait ce qu'était venu faire ici le Kalouga ! S'il n'avait écouté que sa conscience, il se serait rapproché de Sergueï Klykov pour lui demander ce qu'il faisait dans ces parages et avoir des informations sur sa conduite. Mais les ordres étaient formels, il devait coûte que coûte détruire ce sous-marin volé à la Russie, sa Patrie !

Alexis se retira dans sa cabine pour se concerter avec le commissaire politique, le Zampolit Andreïev. Quand il revint au central opérations, Alexis dont la pâleur était masquée par l'ambiance lumineuse rouge, s'approcha du micro, poussa le connecteur sur « Diffusion générale » et s'adressa à l'équipage :

« Communication du commandant : Nous avons repéré et sommes au contact du Kalouga. Vous savez tous que l'Amiral Klykov s'est emparé de ce bâtiment en toute illégalité pour je ne sais quelle sale besogne. L'Amirauté m'a donné l'ordre de le détruire avec son équipage de traîtres et de félons. Nous allons procéder à son torpillage : Bonne chance et vive la Russie ! »

Au poste SONAR, on surveillait l'approche lente et silencieuse de l'énorme sous-marin atomique du « petit » diesel-électrique.

A 23 h 35, le commandant ordonna d'envoyer un « Ping » avec son SONAR actif pour savoir à quelle distance précise il était du Kalouga et quel était le relèvement exact.

Il savait qu'il allait être démasqué, mais il pensait que Klykov n'aurait pas le temps de réagir.

— Relèvement et immersion, demanda-t-il.

— Zéro-cinq-cinq, surface, Commandant.

— Moteurs avant un tiers.

— Moteurs avant un tiers, Commandant.

— Préparez vous à lancer : solution de tir.

— Solution définie, Commandant.

— Ouverture de la porte tube 6 et parer tube 6.

— Tube 6 paré, Commandant.

— Sonar : distance cible ?

— Trois cent yards, Commandant

— Tube 6, lancez.

Le *Volk* vibra légèrement au départ de la torpille filoguidée de cinquante centimètres de diamètre, portant une charge explosive de quatre cent kilos, qui fonçait vers le *Kalouga* à quarante nœuds.

L'explosion qui s'en suivit au lieu d'entraîner un hurrah habituel signant une victoire sur l'ennemi, provoqua un sentiment de grande tristesse dans tout l'équipage.

Certes, les hommes qui avaient péri étaient des renégats mais ils n'en demeuraient pas moins des sous-mariniers russes comme eux et tous, des matelots au commandant, imaginaient leur sort et le désespoir des familles.

Alexis Demidov, la mort dans l'âme ordonna l'immersion périscopique pour transmettre le message de la destruction du *Kalouga* à l'Amirauté.

Il avait obéi mais ce funeste et lâche torpillage sur un navire russe sans défense, resterait à jamais gravé dans sa mémoire…

A bord du *Kalouga,* le même jour

Rassuré par le message des Espagnols, Sergueï se sentit plus léger.

Enfin cette aventure allait se terminer.

Ils n'auraient plus qu'à rejoindre le Svart Mäke qui devait les attendre au large de la Mauritanie.

Là bas, à couple avec le chalutier hauturier, ils pourraient se détendre et profiter d'un repos bien mérité après la tension et la fatigue de ces dernières semaines.

Ils aviseraient en fonction des instructions qu'ils recevraient. Peut-être une nouvelle croisière ?

Ils avaient tous besoin de repos et Sergueï n'avait pas encore imaginé quel serait l'avenir.

Dans le calme de la nuit, tout à coup, à 23 h 55, la rêverie de Serguei se trouva brutalement interrompue par le hurlement de Yuri, l'opérateur SONAR, dans le haut parleur du kiosque

— Bruits forts de transitoires vers l'arrière, ouvertures de portes de tubes lance-torpilles, à faible distance !

Puis aussitôt :

— Pulse émis bâbord arrière... et quelques instants plus tard, avec une voix déformée par l'angoisse :

— Torpille en rapprochement rapide dans notre deux-zéro-zéro ...

Au même moment, à 23 h 58 un bruit formidable se fit entendre sur bâbord du central.

Muet de stupeur, Dimitri en tremblant s'apprêtait à décrocher le téléphone pour avertir Serguëï, quand la violente explosion retentit dans le *Kalouga*. Une torpille les avait touchés au milieu de la coque.

L'explosion avait projeté tous les occupants sur les parois tandis que des flots d'eau envahissaient les compartiments moteurs puis les tranches plus en avant, disloquées l'une après l'autre par la puissance de l'explosion.

À l'avant, Lazaro fut aussi violemment projeté au sol et perdit connaissance.

Serguëï, du haut du kiosque sentit son navire violemment ébranlé s'enfoncer par l'arrière et basculer sur bâbord. Il se retrouva en quelques instants plongé dans l'eau froide, sonné, commençant à couler. Il se mit à nager vigoureusement vers la surface pour éviter d'être aspiré par les remous de la coque détruite qui s'enfonçait rapidement.

Il ne savait pas exactement à quelle profondeur il était, quelques mètres ou plus peut-être, mais de toute façon il n'avait pas le choix, il devait tenir.

Nageant de toutes ses forces pour se propulser plus rapidement, il sentit progressivement la tête lui tourner et quand il émergea, il aspira à nouveau et cette fois plus avidement que la précédente, l'air frais de cette nuit de février.

21

Près de Cadix, dimanche 18 février 2001.

Alejandro Laças, le haut responsable de l'Organisation en Espagne avait prévenu ses comparses de l'arrivée d'une très importante cargaison de cocaïne qui devait être livrée au large de Cadix. Pour cette opération, unique jusqu'alors en raison de la quantité, ils avaient prévu de grands moyens logistiques. Ce n'avait pas été une mince affaire que de rassembler deux semi-remorques frigorifiques de vingt huit tonnes, deux embarcations pneumatiques à coques rigides équipés de horsbords de deux cent cinquante CV sur leur remorque, deux pick-up 4X4 ainsi qu'une douzaine d'hommes choisis parmi les plus expérimentés.

Tout ce matériel et ce beau monde avaient dû faire la route de nuit, par étape, pour ne pas attirer l'attention de la police qui était particulièrement vigilante dans cette région, où la veille pour repérer les embarcations de migrants et de cannabis venant du Maroc tout proche, était permanente.

Juan et Salvador avec leur équipe étaient arrivés le dimanche soir dans les deux camions frigorifiques de transport de fruits, à la ferme Domingues.

Les deux pick-up qui les suivaient, les rejoignirent et se garèrent dans les hangars de la ferme à l'abri des regards indiscrets.

La famille Domingues n'en menait pas large. Le samedi, Juan était venu leur exposer la situation et Mario, le père, n'avait pas eu d'autre choix que d'accepter. Les arguments de Juan, avec son pistolet à peine dissimulé à sa ceinture et la menace de représailles sanglantes avaient largement suffi pour qu'il se plie aux exigences des bandits.

Séquestré dans une chambre au premier étage avec sa femme et son fils, sans moyen de communiquer, il attendait que ce cauchemar prenne fin.

Maintenant, la nuit tombée, Juan et son équipe avaient descendu des camions les grands Zodiac semi-rigides sur leurs remorques et les avait attelés aux 4X4. Vers 22 h ils étaient partis vers la plage laissant dans la ferme deux sbires bien armés pour la surveillance.

Après avoir traversé la route d'Atlanterra à Zahra, les deux pick-up s'engagèrent dans la zone sablonneuse qui les séparait de la plage. A cette heure et à cette époque de l'année il n'y avait aucun danger de rencontrer qui que ce soit. De toute façon si cela avait été le cas il n'y aurait eu personne pour témoigner.

La marée était haute et la mise à l'eau des Zodiac fut rapidement faite. Par précaution, les deux 4X4 furent mis à couvert dans des bosquets de tamaris. Il était 23 h 40 et dans un petit quart d'heure au plus, ils seraient au point de rendez-vous situé à dix milles au large.

Les deux grandes coques semi-rigides quittèrent lentement la plage, dans le léger ronronnement des moteurs, avec leurs quatre hommes à bord.

À 23 h 52, leur radio VHF grésilla et ils reçurent le message convenu : le sous-marin était bien là. Une petite accélération leur permit de s'approcher : dans les puissants projecteurs allumés, ils aperçurent à une cinquantaine de mètres le massif du sous-marin qui faisait surface.

Un peu impressionnés quand même, ils se rapprochèrent lentement pour charger la livraison qu'ils attendaient.

Tout à coup, un grondement sourd se fit entendre. Le sous-marin, fut soulevé par l'arrière puis bascula sur bâbord, faisant une énorme vague qui faillit les faire chavirer.

Ils eurent le temps de voir, dans le faisceau lumineux, la silhouette d'un homme qui disparu dans un gros bouillonnement blanc.

Juan et Salvador stoppèrent et se regardèrent éberlués : « Qué pasa ? ». Il n'y avait plus trace du bâtiment, qui était bien là devant eux quelques minutes auparavant !

Comme ils reculaient lentement, Juan aperçut dans le faisceau du projecteur, une tête émerger de l'eau à une trentaine de mètres de distance. Un petit coup d'accélérateur permit à son bateau de se retrouver à côté d'un corps flottant dans une combinaison orange, remuant à peine. Rapidement tiré à bord par Juan et son acolyte, l'homme leur dit, à moitié suffocant et avant de perdre connaissance :

— Run Awa, quickly...

Ils ne parlaient pas bien l'anglais, mais ils comprirent immédiatement qu'il y avait danger. Dès que l'homme se trouva allongé sur le plancher, après une brève concertation, Juan décida d'exécuter le plan à appliquer en cas d'échec.

Ils amèneraient l'officier au Maroc et rejoindrait le plus tôt possible Playa Zahra.

Il n'y avait que trente six milles pour atteindre la côte au sud de Tanger, près d'Assilah. La mer était calme et dans deux heures au plus ils seraient de retour à la plage.

Pendant que les deux autres hommes retournaient à la plage pour prévenir le reste de la bande, Juan, poussant les moteurs à fond, mit le cap au sud.

Serguei avait repris connaissance mais restait prostré, allongé au fond du bateau, transi, grelottant et ballotté par les chocs de la coque sur le léger clapot.

Dans l'autre canot pneumatique, au moment où ils allaient repartir vers la côte, ils aperçurent une petite tache plus claire sur l'eau noire.

En s'approchant, quel ne fut pas leur étonnement quand ils virent remonter à la surface, un à un, les ballots de cocaïne !

Il en sortait de toute part. Dix, vingt, trente...ils étaient littéralement encerclés.

Aussitôt, ils commencèrent le ramassage.

Juan était trop loin à présent pour lui demander de revenir. Dés que le bateau fut rempli d'une vingtaine de ballots, ils foncèrent vers la plage pour revenir le plus tôt possible.

A la déception qu'ils avaient eue il y avait à peine un quart d'heure, succédait une euphorie qu'ils avaient de la peine à dissimuler. A leur arrivée sur la plage, les autres membres de la bande qui n'avaient pas su ce qui c'était passé, furent quand même étonnés de cette liesse.

Le Zodiac fut rapidement déchargé et les ballots mis dans les pick-up.

Ils repartirent immédiatement pour récupérer le reste. Sur place, ils chargèrent tout ce qui flottait, soit encore une vingtaine de ballots.

Il calcula rapidement qu'ils avaient pu en ramasser environ quarante au lieu des soixante prévus.

C'était un beau succès : environ une tonne ! Le patron allait être content et ils jubilaient à la pensée d'encaisser la prime prévue!

22

Près d'Assilah (au sud de Tanger), lundi 19 février, 1 h 30

Dans leur petite ferme située presqu'au bord de la plage et dont les quelques arpents de mauvaise terre leur permettaient à peine de vivre, Leïla dormait à côté de Tawfiq qui s'était couché de bonne heure, quand retentit la sonnerie du téléphone.

Elle appréhendait ces coups de fils nocturnes depuis que son mari était revenu d'Espagne, à la fin de l'automne. En effet, parti le printemps dernier se louer dans des grandes exploitations dans la région de Cadix, il avait noué des contacts avec des personnages louches.

Certes, leur niveau de vie s'était depuis nettement amélioré, mais Tawfiq avait changé : ce n'était plus le même homme, il était devenu inquiet et nerveux.

Il se leva d'un bond et se précipitât sur l'appareil qui trônait dans la pièce principale de leur bicoque. Fébrilement, il décrocha : c'était Mustapha. Après une brève conversation, il s'habilla précipitamment et sortit en disant à sa femme qu'il avait une question urgente à régler.

Dehors, il se dirigea vers la plage qui était à une cinquantaine de mètres et s'assit sur le sable. Il devait attendre un ami qui lui amenait quelqu'un d'important. C'est tout ce qu'on lui avait dit. Il regarda l'heure sur sa belle montre qu'il avait pu s'offrir à Tanger lors de son dernier passage.

Deux heures dix… sa nuit était fichue.

Il entendit au loin le bruit d'un hors-bord qui s'approchait rapidement.

Le Zodiac arrivait maintenant et plantait son avant dans le sable.

A bord, deux hommes qu'il ne connaissait pas lui firent signe de s'approcher.

Il vit, étendu au fond du bateau, un homme vêtu d'une combinaison orange, avec des épaulettes ornées d'une étoile.

— Tu vas aider à transporter notre ami qui est malade. Tu l'installeras cette nuit chez toi, bien à l'abri et au chaud. Demain on t'appellera pour te dire ce qu'il faut faire. Prends bien soin de lui, comme si c'était ton père !

Juan et l'autre homme aidèrent à faire descendre Sergueï, trempé, grelottant de plus en plus, qui marcha en titubant, dans le sable, jusqu'à la maisonnette, soutenu sous les aisselles.

Par chance, la marée étant haute, le trajet fut assez court.

Ils déposèrent, l'officier sur un petit lit dans la pièce principale et l'aidèrent à se débarrasser de ses vêtements mouillés.

Avant de repartir en courant vers le bateau, Juan demanda à Tawfiq de préparer du thé et de quoi manger.

En fermant la porte, Tawfiq entendit le bruit des moteurs poussés à fond du bateau qui regagnait l'Espagne.

Sergueï, ayant enlevé ses vêtements mouillés que Tawfiq mit devant le poêle, se pelotonna sous une chaude couverture en poil de chameau et ferma les yeux après avoir bu un thé noir bien sucré, brûlant et mangé quelques dattes qui le réconfortèrent.

Toujours grelottant mais restauré et un peu réchauffé, il remercia ses hôtes d'un signe de tête et d'un pâle sourire.

Il aurait voulu s'endormir rapidement mais bien qu'épuisé, il ne trouvait pas le sommeil. Trop d'événements tragiques venaient de se passer, il y avait seulement environ une heure... Lui était sain et sauf mais ses pauvres amis... Que s'était-il passé ? Ils avaient été repérés par un sous-marin, certainement russe, qui avait sûrement reçu l'ordre de les couler.

C'est alors qu'un immense sentiment de culpabilité et de tristesse, qui ne devait plus le quitter, l'envahit. Il n'aurait pas dû augmenter sa vitesse pendant ces dernières heures : c'est ce qui l'avait trahit. Il valait mieux arriver en retard que de prendre ce risque. Cela avait été une décision lourde de conséquences, même si Dimitri ne l'avait pas discutée. S'il avait senti la moindre réserve de sa part, il aurait pu modifier cet ordre.

La mission avait échoué mais ce n'était pas entièrement de sa faute car il avait tout fait pour la mener à bien. Un mauvais concours de circonstances avait fait malheureusement prendre un tour tragique à cette aventure. Il espérait que, malgré tout, ses « employeurs » ne lui en tiendraient pas rigueur et qu'ils honoreraient leurs engagements concernant toutes les familles.

Maintenant l'épave du *Kalouga* devait reposer par plus de cent mètres de fond avec quatorze cadavres, ses amis, le pauvre Lazaro et une tonne et demie de cocaïne, cette maudite drogue qui les avait perdus. Tout ça était de sa faute…Il n'aurait jamais dû embarquer tous ces camarades dans cette aventure à l'issue incertaine !

Couché dans ce lit au sommier grinçant, bien au chaud sous son épaisse couverture, il était quand même tellement exténué que le sommeil finit par avoir raison de lui.

23

Près de Cadix, le 18 février 2001

Depuis quelques temps, le commandant Esperanza, patron du GRECO (Grupos de Respuesta Spécial contra el Crimen Organizado) de Cadix était soucieux. Il avait eu une information sur une éventuelle importante livraison de cocaïne qui devait se faire dans son secteur, mais sans autres précisions.

A vrai dire, des informations de la sorte, il en recevait souvent. Difficile de savoir si elles correspondaient à des faits réels. Son travail était justement de trier celles qui présentaient un certain degré de vraisemblance. Cette fois, cela semblait sérieux. En effet, d'une part il y avait longtemps qu'il n'y avait pas eu de saisie importante de coke, les interventions récentes portaient surtout sur le haschich venant du Maroc. D'autre part, les renseignements émanaient d'une source « sûre ». C'était une taupe, infiltrée dans les milieux des « narcos » locaux.

Il fallait être vigilant. C'est pourquoi, il avait demandé à ses policiers spécialisés dans ce type de criminalité, ainsi qu'aux agents des douanes, dont la collaboration était exemplaire, d'exercer une veille active.

Cela avait payé. Début février, son homologue du GRECO d'Alicante, Javier Martinez, lui avait signalé qu'un de ses « correspondant » d'Albufereta, qui avait une société de transport routier lui avait signalé que des clients, pas comme ceux à qui il avait affaire habituellement, lui avaient loué deux semi-remorques de vingt huit tonnes frigorifiques pour le transport d'une cargaison d'oranges de Tanger. Bien que ce soit la saison, ce genre de transport était fait le plus souvent par de petits transporteurs privés qui acheminaient les agrumes vers le marché Saint Charles à Perpignan.

Cela lui avait mis la puce à l'oreille, d'autant que ces clients n'avaient pas le profil de transporteurs professionnels et avaient payé en espèces.

Esperanza avait alors mis en branle tout un dispositif de surveillance sur l'ensemble de la côte de Cadix à Algésiras.

Lors d'un banal contrôle sur la route nationale 340, près de Tarifa, les agents avaient repéré ces deux gros camions frigorifiques, dont la présence était inhabituelle dans cette région où la culture d'olives était prédominante.

Les deux véhicules, pris en filature, les avaient conduits dans un vaste entrepôt à Casas de Porro.

Les policiers habillés comme des paysans locaux, avaient vu avec leurs jumelles, deux pick-up auxquels étaient accrochés deux remorques sur lesquelles deux grands Zodiacs étaient arrimés.

Ces attelages avaient été embarqués à bord des deux semi-remorques qui avaient pris la direction de la mer à Venta de Retim, la nuit tombée. Les deux pick-up suivaient.

Les agents, sûrs de pouvoir retrouver ces deux gros véhicules, sur ces petites routes, et connaissant bien le coin, les avaient attendus discrètement à Zahra de los Alunes.

Les camions s'étaient alors dirigés vers le sud-est pour s'arrêter dans une grande ferme.

Sûr de son coup, Esperanza avait alors déployé un important dispositif de sécurité en bloquant toutes les routes du secteur.

Nous étions le samedi 17 février et il ne restait plus qu'à attendre. L'opération qui se préparait était imminente.

La nuit tombée, grâce à leurs jumelles infra-rouges, les policiers remarquèrent vers 21 h une certaine agitation autour des camions où s'entrecroisaient des faisceaux lumineux de torches : Les malfaiteurs passaient à l'action.

Les deux pick-up avec leurs bateaux en re-morque se dirigèrent vers la plage.

Tapis dans les buissons, les hommes des commandos d'élite, bien camouflés, épiaient leurs moindres mouvements.

Après la mise à l'eau des Zodiac, seuls quatre hommes étaient restés aux abords de la plage, dans les voitures.

Le cœur du Commandant Esperanza, tenu au courant constamment par radio sur une fréquence spéciale du déroulement de l'action, battait la chamade.

C'était assurément sur un gros coup, peut-être le plus gros de sa carrière !

Analysant la situation, il donna l'ordre à un petit commando d'aller immédiatement neutraliser les hommes restés à la ferme, le reste de la bande serait arrêté au retour.

En quelques minutes ce fut chose faite, l'effet de surprise aidant, et la famille Domingues fut enfin libérée.

Vers minuit, le bruit d'une sourde explosion parvint aux oreilles du commando de la plage, sans comprendre exactement de quoi il retournait. Ils virent cependant deux pinceaux lumineux qui balayaient la mer.

Une demi-heure plus tard, un seul des deux canots revint, apparemment lourdement chargé.

Ils entendaient distinctement des exclamations joyeuses des comparses qui se congratulaient bruyamment en chargeant des ballots dans les pick-up revenus au bord de l'eau.

Lourdement chargés, les deux 4X4 repartirent rapidement vers la ferme.

A peine rentrés dans la cour, les deux chauffeurs des pick-up furent stupéfaits de se trouver devant un comité d'accueil qu'ils n'avaient pas imaginé !

Aussitôt maîtrisés, les deux voitures furent vidées de leur contenu et des hommes du commando prirent le volant et d'autres se cachant à plat ventre à l'arrière des deux pick-up qui repartirent vers la plage, attendre le retour du canot.

En effet, à peine étaient-ils arrivés que le Zodiac, chargé du reste de la « pêche », atteignait la plage.

Mis en joue par les policiers, les occupants du Zodiac, stupéfaits, se rendirent sans résistance.

Le 4X4 repartit avec son chargement et les quatre malfrats menottés.

Trois commandos restèrent pour attendre le retour du deuxième bateau.

Vers 2 h, en effet, l'autre Zodiac vint au ralenti, s'échouer sur le sable.

Deux hommes en descendirent pour s'entretenir avec les chauffeurs d'un des deux 4X4 revenu. Au lieu de leurs comparses, ils se trouvèrent nez à nez avec les policiers.

Aussitôt neutralisés, ils furent emmenés menottes au poignet. Le canot rapidement remonté sur la remorque, ils rejoignirent la ferme.

Ainsi, en moins de deux heures la totalité de la bande avait été arrêtée et la drogue saisie.

Le commissaire Esperanza et ses officiers arrivèrent sur les lieux pour constater l'énormité de la prise.

Des dizaines de ballots, encore mouillés, s'étalaient dans la cour. Il n'en avait jamais vu autant ! Le 19 février resterait dans les annales du GRECO…

24

Madrid, le lundi 19 février 2001

C'est avec stupeur qu'Alejandro Laças, le patron de l'Organisation à Madrid, apprit la nouvelle par un coup de fil passé à 4 h par le chauffeur d'un des deux camions qui, miraculeusement, avait échappé aux policiers. Ainsi, l'opération avait échoué : non seulement le sous-marin était perdu, ce qui signifiait qu'elle ne pourrait plus se reproduire comme ils l'avaient imaginé, mais la marchandise était saisie et le réseau démantelé.

Cette catastrophe allait sûrement avoir des conséquences graves. Il n'attendit pas plus pour prévenir Caracas de l'échec de la livraison.

Don Diego, le patron du Cartel, dérangé en plein diner, après un court moment de silence, abasourdi par la nouvelle, entra dans une telle fureur que ses propos devenaient inaudibles et cela se comprenait ! Une tonne et demie d'excellente coke disparue ! Une fortune ! Cent millions de dollars, même à l'échelle du Cartel, c'était une perte énorme et il allait y avoir de graves problèmes, surtout avec les Russes qui avaient déjà versé un acompte !

Alejandro eut beau expliquer que c'était un accident, que le commandant du sous-marin n'était coupable d'aucune faute qu'il n'y était pour rien, le Boss était intraitable : pas question de verser le moindre dollar à ces Russes, tous des incapables qui ne méritaient que leur sort !

D'ailleurs, comme il n'en restait que quatre, le commandant et sa famille, le plus simple, pour ne pas avoir à les indemniser comme prévu, était de les éliminer…La famille des autres, il n'en avait rien à faire…

A Alejandro de faire le nécessaire pour l'Amiral, lui allait s'occuper des trois autres.

Il comptait sur lui pour que cela se fasse dans les meilleurs délais et le tenait responsable de la bonne exécution de ses ordres.

Résigné, car il n'avait pas d'autres solutions, sauf à risquer sa propre vie, il appela aussitôt António Vasquez, le responsable au Maroc, pour lui donner les instructions.

Celui-ci, téléphona à Tawfiq pour lui dire qu'il devait impérativement amener l'officier à Tanger, dans la matinée.

25

Assilah, lundi 19 février

Dans son sommeil agité, il devait être environ 5 heures car le jour n'était pas encore levé, Sergueï entendit sonner le téléphone, juste à côté de son lit.

Tawfiq se leva pour répondre et s'assit sur un pouf. En décrochant, l'écouteur était tombé et pendait près du canapé.

Intrigué et malgré sa fatigue, Sergueï prêta l'oreille.

La conversation était en espagnol et bien que ne le parlant pas bien, il le comprit suffisamment que ce devait être un « chef » car le ton était autoritaire.

— Tu vas bien le surveiller car dans la matinée, il faut que tu l'amènes à Tanger. Après ce qui est arrivé, il va falloir s'occuper de lui. Va chercher Mustapha et à votre retour tu l'embarques : compris ?

— Oui, patron.

Ces paroles inquiétantes réveillèrent Sergueï complètement.

Tawfiq s'habilla rapidement et sortit. Il se pencha sur l'officier qui devait dormir profondément vu ses ronflements.

Il lui faudrait une bonne heure pour aller à pied chez Mustapha et à condition que sa voiture soit là, il ne serait pas de retour avant une heure et demie.

Sergueï comprit qu'il fallait décamper immédiatement, sa vie était en danger !

Il se leva et silencieusement enfila ses sous-vêtements encore humides, peu importait, délaissant sa combinaison.

Il était dans la pièce principale et dans la faible lueur que dispensait une petite veilleuse, il remarqua une armoire dans laquelle il trouva un vieux manteau avec une capuche ainsi qu'un pantalon trop petit pour lui, qu'il enfila avec peine.

Après avoir pris sa pochette en plastique, qui contenait l'argent et son passeport, dans la poche de sa combinaison, à tâtons il bourra des couvertures sous le drap pour simuler la présence d'un corps allongé. Tawfiq, penserait sûrement, à son retour, qu'il dormait encore. Ce serait autant de temps gagné car maintenant il fallait jouer serré,

Une boite en fer se trouvait vaguement dissimulée derrière une pile de linge, au fond de l'armoire.

Elle contenait des papiers et quelques billets de dix dirhams qu'il prit et déposa à leur place une liasse de billets de cent dollars.

La porte de la chambre était fermée et en s'approchant il entendit la respiration profonde et lente de la femme qui devait encore dormir après cette nuit agitée.

Il ouvrit doucement la porte d'entrée et sortit dans la nuit.

Après avoir écouté attentivement, il n'entendit aucun bruit ; seul le léger ressac de la mer sur la plage, troublait le silence.

Il s'orienta et décida de partir vers le sud car il apercevait au loin des lumières d'une petite ville.

Précautionneusement, il marcha sur un petit sentier qui longeait la plage à une cinquantaine de mètres environ de la mer.

Le jour pointait et il ne voyait personne alentours. Seul, le braiment d'un âne se faisait entendre de temps à autre, dans le silence du petit matin.

Sur sa gauche, au loin, quelques lueurs de phares signalaient une route.

Après vingt minutes de marche, le sentier sablonneux s'élargissait pour faire place à une piste carrossable conduisant à des villas, fermées en cette saison.

Il rejoignit la route qu'il traversa et continua sa marche vers le sud.

Sur le bord, il aperçu un panneau indicateur : « Assilah 5 kilomètres ».

La circulation devenait plus dense au fur et mesure qu'il se rapprochait de la ville.

Arrivé dans la bourgade, il se dirigea vers le centre.

Il fallait qu'il trouve rapidement un moyen de locomotion pour s'échapper le plus vite possible, car de toute évidence, c'est dans cette ville que les recherches commenceraient.

Voyant qu'il y avait un port, il s'y rendit espérant trouver un bistrot pour prendre un petit déjeuner car il n'avait rien avalé depuis longtemps.

Il avisa un établissement qui ouvrait ses portes, le patron mettant en place des chaises sur la terrasse. Il commanda un bol de café, des tartines beurrées et de la confiture de figue au patron qui était un peu étonné par son accoutrement.

— Connaissez-vous quelqu'un qui pourrait me conduire rapidement à Tanger car j'ai un avion à prendre avant midi ? Son prix sera le mien, en dollars bien entendu !

L'homme revint au bout d'un moment avec son fils, encore ensommeillé qui se proposa de le conduire moyennant cinq cent dirhams.

Ne sachant pas exactement le taux de change, il proposa deux cent dollars ce qui sembla satisfaire le jeune homme, vu son sourire. Il ne regrettait pas de s'être levé tôt, ce matin !

Quelques minutes plus tard, un vieux pick-up Isuzu, mais qui paraissait encore vaillant, arrivait et ils prirent la route aussitôt.

Arrivés à l'échangeur de l'autoroute qui menait vers Tanger, il demanda au jeune Ahmed de prendre la direction du sud car il voulait plutôt aller à Casablanca.

Comme Ahmed lui dit que c'était beaucoup plus loin, il lui accorda une rallonge de 100$.

Marché conclu, il lui demanda d'aller le plus vite possible car son avion partait à 14 h.

Ahmed ne se fit pas prier et il poussa la voiture à cent dix à l'heure : à ce train, ils seraient rendus vers midi. Durant le trajet monotone au travers de la plaine côtière, Ahmed resta silencieux.

Pour Sergueï, il lui parût finalement assez rapide car il fut ponctué des brefs assoupissements.

La seule émotion fût quand le jeune conducteur fit un dépassement hasardeux d'un poids lourd surchargé. Il s'agrippa à la poignée et regardant sévèrement Ahmed :

— Too speed ! et il lui fit signe de la main de ralentir.

Ce n'était certainement pas le moment d'avoir un accident !

Arrivés dans les faubourgs de la métropole marocaine, comme ils étaient en avance, il lui demanda de s'arrêter dès qu'ils verraient un supermarché.

Sergueï lui donna cent dollars de plus et ils se séparèrent.

Ahmed, très content de ce généreux pourboire décida d'aller passer du bon temps en ville, où il avait quelques copains qui seraient heureux de faire la fête avec lui. Après tout, rien de le pressait de rentrer à Assilah.

Habillé de pied en cap, avec un jean, un beau blouson de cuir, des chemises, une casquette de base-ball et autres choses indispensables, le tout fourré dans un grand sac de sport, Sergueï héla un taxi pour se rendre au port.

Il était presque midi et il avait pris le large. Il estimait que la distance qu'il avait établie entre ses poursuivants et lui était suffisante, pour l'instant.

Au mieux, sa disparition ne serait constatée que vers 9 h. et à cette heure il était déjà loin. D'autant qu'ayant pris la précaution d'indiquer au restaurateur qu'il avait l'intention d'aller à Tanger, même si l'enquête menait Tawfiq au restaurant, il serait dirigé sur une mauvaise piste et, par ailleurs, Ahmed ne rentrerait que dans la soirée.

Pour l'instant, il était hors de danger ; il lui fallait prendre un bon repas puis une douche et une bonne nuit de sommeil.

Mais le plus important était de prévenir sa famille au plus tôt car, pour sûr, si représailles il devait y avoir, c'est sur elle qu'elles porteraient en premier.

Il ne savait pas où les joindre et le meilleur moyen restait de prendre contact avec la famille Betelcéguy à Cuba.

Il avait noté leur numéro et il décida de les appeler malgré le décalage horaire.

La Poste, qu'il avait repérée en passant en taxi, n'était pas très loin et il s'y rendit rapidement.

Il devait être là-bas environ cinq heures du matin et il ne fallait pas hésiter à les déranger de bonne heure, dans le cas présent.

La sonnerie retentit un temps qui lui paru interminable au point qu'il cru qu'ils étaient absents.

Finalement, on décrocha et il entendit une voix féminine, ensommeillée, qu'il pensa être celle de Carmen :

— Oita !

Sachant qu'elle parlait le russe, il lui expliqua brièvement la situation en insistant sur le fait qu'elle devait prévenir Tatiana le plus vite possible : c'était une question de vie ou de mort.

— Ah ! Serguëi, je suis contente d'avoir de vos nouvelles. Justement Tania doit m'appeler vers midi car elle nous a invités à venir passer quelques temps à Caracas.

— Merci de tout ce que vous faites pour elle et Paul. Dites lui que je vous appellerai dès que j'en saurais un peu plus sur ma situation et embrassez les tous très fort.

— A bientôt Serguëi, comptez sur moi.

Soulagé il raccrocha et ne put empêcher un voile de nostalgie passer devant ses yeux.

Quand seraient-ils à nouveau réunis ?

Le taxi lui conseilla un bon restaurant de poisson, l'Ostéal, situé à l'entrée du port de commerce.

Rassasié, il allait demander au maître d'hôtel où se trouvait le port de plaisance quand il aperçu deux types habillés à l'européenne qui regardaient la salle, vraisemblablement à la recherche de quelqu'un.

Se pouvait-il que ce soit lui ? Il en doutait, mais pour plus de précautions, il baissa la tête et rabattit sa visière en faisant semblant d'être absorbé par son café.

N'ayant rien vu qui les intéressaient, les deux types quittèrent le restaurant rapidement.

Sergueï, se sentait mal à l'aise. Bien que les deux hommes ne l'aient pas remarqué, il pensa qu'il fallait se faire le plus discret possible.

Il paya son addition et descendit sur le port : personne de suspect en vue. Il se dit qu'il fallait mieux quitter cette ville où sûrement l'Organisation était bien implantée.

Le plus sûr était de s'en aller au plus vite, loin vers le sud.

Il partit à pied vers le centre et entra dans une agence de location de voitures. Il y avait une Peugeot 405, ancienne mais en bon état qui venait juste de rentrer et qui lui convenait.

Comme il n'avait pas de carte de crédit, il laissa la caution en liquide ce qui lui valût un rabais de 50%. De toute façon, comme il ne savait pas où il pourrait rendre le véhicule, elle était perdue.

Sans savoir exactement où il allait, il prit la route vers le sud en suivant le bord de mer.

A la première aire de repos qu'il rencontra, il s'arrêta pour faire le point.

La carte routière qui était dans le vide-poche lui permit de se familiariser avec ce pays qu'il ne connaissait pas du tout.

Son but était, dans l'immédiat, de descendre le plus au sud possible, vers Agadir. Après il verrait.

Juste avant d'arriver à El Jadida, il vit sur le bord de la route, deux jeunes gens qui faisaient du stop.

Avec leur sac à dos et leur moré, ils allaient à Tamghaght, un spot très connu des amateurs de glisse, à trente kilomètres au nord d'Agadir.

Cela lui convenait car un européen qui voyageait seul était d'avantage suspect ; à eux aussi qui profitaient ainsi d'un transport gratuit et rapide.

Ils avaient quand même cinq cent kilomètres de route et ils devraient faire une étape car il était déjà 3 heures et il ne se sentait pas de conduire la nuit avec sa fatigue, de plus sur des routes qu'il ne connaissait pas qui pouvaient être dangereuses vu le genre de conduite des automobilistes marocains qu'il avait pu constater !

Avec ces deux jeunes gens qui lui parurent sympathiques, la conversation, en anglais s'engagea facilement:

— Vous allez aussi vers le sud pour vos vacances ? De quel pays êtes-vous ? demanda le plus âgé des deux.

— Je vais rejoindre ma famille à Agadir ; nous habitons Varsovie et je travaille comme ingénieur consultant pour un projet d'irrigation. Avec ma femme et mes deux filles, nous sommes au Maroc depuis six mois et ce sont mes premières vacances… Et vous d'où venez vous ?

Alain était Français et son ami Marco italien ; ils s'étaient rencontrés à Tarifa, parlaient assez bien anglais tous les deux.

Ils devisèrent gaiement tous les trois jusqu'à la nuit tombée. Avec la circulation dense, ils n'avaient parcouru que trois cent kilomètres ; au sud de Safi, Sergueï éreinté, s'arrêta dans un petit hôtel près de la plage. Il était vraiment épuisé par cette journée pendant laquelle tant de choses horribles s'étaient passées : le naufrage du *Kalouga,* son plongeon dans l'océan dont il n'avait réchappé que de justesse, sa fuite éperdue et toute cette route, il était à bout.

Les deux garçons, qui s'apprêtaient à bivoua-quer, furent ravis quand il leur proposa de payer leur repas et leur chambre.

Dès le dîner terminé, Sergueï, qui se faisait ap-peler Roman, alla rapidement se coucher et après une bonne douche, s'endormit comme une masse.

Le mardi matin, frais et dispos, il retrouva les garçons attablés devant un bon petit déjeuner qu'il partagea avec eux.

La fatigue de la veille avait disparue et il pou-vait envisager l'avenir avec optimisme. Il avait pour l'instant semé ses poursuivants et il espérait que sa famille devait en avoir fait de même.

C'est donc détendu qu'il reprit le volant et dé-posa ses compagnons de route à l'entrée de Tamghaght, immense plage où l'on voyait la crête d'écume des gros rouleaux venus du grand large déferler sur le sable. Il se dit que ces jeunes avaient bien de la chance de pouvoir profiter ainsi de la vie.

Enfin, dans quelques temps il pourrait lui aussi, avec Tania et Paul goûter aux mêmes plaisirs…

Qu'allait-il faire à présent ?

L'idée à laquelle il avait réfléchi tout en condui-sant, consistait à rejoindre l'Afrique du Sud le plus rapidement possible en ménageant sa sécurité.

Ils se retrouveraient tous là-bas, enfin, il l'espérait.

Arrivé à Agadir vers midi, il prit la direction du port de plaisance et s'arrêta à la Marina devant un bistrot dont la terrasse donnait sur le chantier de réparation.

Il déjeuna d'une salade de poulpe et d'une daurade qui lui fût servie grillée à point.

Sirotant son café, il avisa un grand garçon blond, barbu, les cheveux longs, bien hâlé qu'il identifia comme un baroudeur des mers, justement ce genre de type qu'il cherchait.

En effet, son projet était de se rendre à Dakar, aussi discrètement que possible.

Il avait exclu l'avion car les aéroports seraient certainement surveillés et il était facile pour l'Organisation à laquelle il avait affaire, d'obtenir une liste de passagers.

Il l'interpella en anglais et lui offrit de s'asseoir pour un café.

Le jeune homme, ne se fit pas prier et s'installa à sa table et commença par lui raconter son aventure : il était Norvégien et était parti de Bergen avec un équipier pour faire le tour du monde dans son catamaran.

Malheureusement, à la latitude d'Essaouira, une nuit, ils avaient heurté un tronc d'arbre qui dérivait et le gouvernail avait été endommagé. Ils avaient dû faire escale ici, pour réparer.

Comble de malchance, son équipier était tombé malade et avait dû rentrer rapidement à Oslo pour se soigner.

Il était donc là depuis une semaine et la mèche du safran qui avait été tordue dans le choc avait été redressée et le gouvernail prêt à être remonté. Le problème était que son ami devait lui envoyer l'argent pour payer la réparation et Gunnar ne se manifestait toujours pas.

Le bateau était à sec sur le quai et il attendait impatiemment des nouvelles de Bergen.

Sergueï sauta sur l'occasion pour lui proposer un marché : il réglait tous les frais, lui donnait mille dollars et en contre partie, il l'amenait à Dakar.

Olaf, qui voyait enfin une solution rapide à ses ennuis, acquiesça tout de suite, ne posant aucune question et lui proposât de venir s'installer à bord.

Passé par les douches du Club Nautique, des vêtements propres sur le dos, il grimpa dans le bateau chargé sur son ber, soulagé d'avoir trouvé si rapidement une solution à son problème.

Dans la soirée, une fois bien installé dans une vaste cabine aménagée dans une des deux coques, il alla à la capitainerie pour téléphoner à Cuba.

Rassuré par les bonnes nouvelles, Carmen avait réussi à les prévenir, il lui demanda de leur dire qu'ils devaient par tous les moyens tenter de le rejoindre à Johannesburg.

En effet, il préférait mettre l'Atlantique entre eux et ses anciens « amis », et quitter l'Amérique du Sud le plus rapidement possible lui paraissait le meilleur moyen.

Mercredi 21 février

Le lendemain matin ils s'occupèrent de finir la réparation du gouvernail et le *Thor* fût remis à l'eau dans la soirée ; les pleins faits, ils quittèrent discrètement le quai, au moteur, en se faufilant parmi les bateaux de pêche qui partaient poser leurs filets. Dès la passe franchie, le bateau de mit à onduler sur une longue houle, et partit dans la nuit, cap au 245.

Il faisait frais et il eut une bouffée de plaisir en pensant qu'il avait fait un grand pas en avant pour échapper à ses poursuivants.

Olaf se trouva être un compagnon très agréable et dès les premiers jours de mer, Sergueï se dit qu'il avait de la chance dans son malheur. Mais, dès qu'il se retrouvait seul, il ne cessait de penser à ses amis, au fond de l'eau à présent !

Ils avaient mille nautiques environ à parcourir et avec un bon vent ils pouvaient en abattre environ deux cent par jour : à la fin de la semaine au plus, si tout allait bien, il serait arrivé à bon port et pourrait rejoindre sa famille rapidement.

Jeudi 22 février

Après une journée de navigation, ils décidèrent de faire escale à Fuerteventura, l'île des Canaries la plus proche de la côte africaine, d'autant que le vent du nord avait forci et le ciel roulait de gros nuages noirs annonciateurs d'une dépression.

Le port de Gran Tarajal offrait un abri sûr et ils pourraient aussi se ravitailler.

Toute la nuit il entendit le vent siffler dans les haubans.

Le mauvais temps passé, ils repartirent, au petit matin, avec une grosse houle du nord, cap au sud vers leur prochaine escale, le port de Nouahadibou situé à cinq cent vingt nautiques.

Ils défilèrent devant la côte du Sahara occidental, monotone avec les dunes qui plongeaient dans l'océan ; elle était parsemée d'épaves de cargos échoués sur les hauts fonds ou drossés sur le rivage.

Le 23, ils étaient au large de Dakhla : il franchit pour la troisième fois en un mois le Tropique du Cancer et le samedi 24 après avoir navigué toute la journée sous une bonne brise de nord-est, ils arrivèrent au Cap Blanc, qu'ils contournèrent pour entrer dans le port de Nouahadibou.

C'était le soir et le soleil couchant teintait d'ocre la côte sablonneuse et les maisons basses.

De très nombreux chalutiers hauturiers, dont beaucoup de russes, étaient en rade foraine ou à quai avec les minéraliers qui venaient charger le phosphate de Zouerate.

Ils se faufilèrent parmi les nombreuses petites embarcations pour atteindre le port de pêche où ils pensaient trouver facilement du poisson frais et de l'eau douce.

Alors, que prudemment ils avançaient parmi la multitude de barques, un pêcheur seul à bord, la main en visière, accaparé par les invectives qu'il lançait à d'autres bateaux, vint les percuter sur bâbord, dans un fracas de bois brisé.

Comme si de rien n'était, il poursuivit sa route vers la sortie du port sous le regard médusé de Sergueï et les insultes proférées en norvégien d'Olaf.

Ces abordages devaient être fréquents et personne ne se souciait des dégâts occasionnés. C'était l'Afrique… Le manque d'attention couplé au soleil dans les yeux expliquait l'accident.

Il était inutile de porter plainte ce qui n'aurait abouti à rien. Ils s'amarrèrent tant bien que mal au quai sous l'œil narquois des badauds.

La lourde barque de bois n'avait probablement pas souffert du choc, par contre le bordage du *Thor* avait bien été endommagé ; la coque était enfoncée sur un mètre de largeur au niveau du flotteur bâbord, à trente centimètres au dessus de la ligne de flottaison et ce jusqu'au plat-bord. Quelle tuile !

Olaf et Serguéï comprirent que le bateau était tellement abîmé qu'il ne pourrait pas reprendre la mer dans cet état.

Serguéï réfléchissant rapidement, déduisit que d'attendre que la réparation soit faite, prendrait trop de temps et il ne pouvait pas attendre. Fortune de mer !

Il décida de rejoindre Dakar par ses propres moyens.

La nuit étant arrivée, il décida de dormir à bord une dernière fois.

Au petit jour, après un rapide petit déjeuner, Serguéï, fit son sac et débarqua lestement du catamaran non sans avoir donné une chaleureuse accolade au skipper qui l'avait sauvé des griffes de l'Organisation. Il avait remis à Olaf mille dollars de plus qu'il ne lui devait et lui souhaitât bonne chance pour la continuation de son périple.

Se retrouvant sur le quai son sac à l'épaule, il se dirigea vers le marché où les premiers marchands commençaient à monter leurs éventaires. Comme aucun uniforme de policier ou de douanier n'étaient vue, et ne voulant pas aller perdre du temps pour les formalités d'immigration dont les bureaux étaient fermés, il chercha un taxi qui pourrait le conduire à Dakar.

Il avisa une vielle camionnette Peugeot 405 bâchée qui déchargeait son plein de clients venus du bled.

Il sortit de son sac deux billets de cinq cent dollars qu'il montra discrètement au chauffeur en lui disant

— Dakar ?

— Ok, dit le chauffeur avec empressement. Moi Ali…dit il en mettant un doigt sale sur sa poitrine.

Le bonhomme qui n'avait jamais vu de telles sommes, chassa rapidement les derniers occupants et leur ballots et lui fit signe de monter.

Un peu écœuré par le remugle qui imprégnait la cabine, il se cala pour un long voyage d'environ trois cent cinquante kilomètres, comme il l'avait calculé sur la carte.

Le peu de circulation dans ce sens leur permirent de gagner la route de Nouakchott rapidement.

Ils en atteignirent les faubourgs vers midi et faisant comprendre au chauffeur qu'il voulait éviter les contrôles de police, celui-ci s'engagea sur des pistes sableuses aux profondes ornières pour contourner la ville par l'est.

La vitesse se réduisit et plusieurs fois ils s'ensablèrent. Prenant son courage à deux mains, il aida le chauffeur à pelleter, placer de vieux sacs sous les roues, toutes choses qui eurent bientôt raison de son endurance. Quand enfin, la piste devint plus roulante et qu'ils furent à nouveau sur le goudron, il s'effondra épuisé par ses efforts sur son siège et s'endormit.

Il fût réveillé par le chauffeur à la nuit tombante. Ils approchaient de la frontière sénégalaise et les contrôles devenant plus fréquents, il lui demanda de monter à l'arrière sur le plateau. Il s'allongea sur le plancher souillé de toutes sortes de déchets et le chauffeur le recouvrit de vieux sacs puants. Ils quittèrent la route goudronnée pour prendre des pistes cahoteuses.

Ils s'arrêtèrent plusieurs fois et Serguéï entendit Ali palabrer avec ce qu'il pensait être des policiers ou des militaires gardes frontières.

Comme aucun ne vint fouiller la camionnette, il pensa qu'Ali avait bien du y laisser quelques billets.

Enfin, la voiture stoppa. Il faisait nuit et Serguéï vit dans la pâle clarté du clair de lune qu'ils étaient au bord d'un gros marigot.

Un grand Peul en boubou bleu, arriva. Il échangea quelques paroles avec Ali qui, tendant la main pour recevoir son dû, lui dit qu'Albert allait le faire traverser le fleuve pour le conduire à Rosso et de là, il pourrait trouver une voiture qui le conduirait à Saint Louis.

Serguéï le paya et suivit l'autre homme.

Il embarqua sur une fine pirogue qu'Albert maniait d'une main sûre ; ils descendirent d'abord le marigot puis un cours d'eau plus important, sûrement le fleuve Sénégal, vu sa largeur, qu'ils parcoururent sur un bon kilomètre.

Ayant accosté sur la rive opposée, ils débarquèrent et Albert l'amena à la station de taxi-brousse.

Ne voulant pas mégoter il lui donna cent dollars qu'Albert empocha vivement avec un grand sourire montrant qu'il appréciait tant de générosité.

Il dit quelques mots aux chauffeurs assis par terre autour d'un petit feu sur lequel chauffait du thé.

L'un deux se leva prestement et proposa de l'amener à Saint Louis.

Pour la centaine de kilomètres il dû payer trois cent dollars, ce qui lui parût très excessif, mais il ne barguigna pas tant il avait hâte de se reposer, épuisé par cette journée.

Le chauffeur le déposa à l'hôtel Mermoz, sur la lagune, et à peine allongé après une bonne douche, il s'endormit comme une masse.

Lundi 26 Février

Après être passé par la douane pour régulariser son entrée au Sénégal, ce qui lui coûta quelques dollars de bakchich pour accélérer les formalités, il reprit le même taxi pour aller à Dakar.

Après trois cent kilomètres de bonne route, il se fit déposer dans un hôtel situé sur la Corniche.

Bien installé dans une belle chambre avec vue sur l'océan, de laquelle il pouvait voir l'île de Gorée, il appela Cuba pour avoir des nouvelles : elles étaient excellentes.

Sa famille était à São Paulo et partait mardi pour Johannesburg où ils atterriraient vers midi.

Il alla prendre un billet pour la même destination : son vol partait à 11 h 20 le lendemain matin.

L'avion décolla en retard mais quel soulagement d'être enfin en sécurité ; à 19 h il atterrissait à Johannesburg.

26

Caracas, le lundi 12 février.

Le séjour à la Jamaïque, bien que très agréable, finissait par les lasser.

Après un mois et demi, Tania et Paul commençaient à se languir de l'absence de Serguéï.

Les dernières nouvelles dataient du début du mois, et la deuxième partie de la navigation comportait encore beaucoup de dangers.

Tania, se forçait à être détendue, mais dans son for intérieur, elle était inquiète.

Mrs. Wesley qui avait remarqué cet état de nervosité qu'elle comprenait bien, avait décidé avec Antonio de leur faire changer d'air.

De toute façon, ils devaient avant la fin du mois gagner Caracas où l'Amiral devait arriver vers le 20.

Ils firent leurs bagages et reprirent leur avion privé pour se poser à Caracas, lieu de leur nouvelle résidence.

Ce changement eut pour effet de ramener la bonne humeur.

Bien installés dans un immense appartement au dernier étage d'une tour, au pied de la colline du Calvario, ils étaient à deux pas du centre.

Ce contact avec une grande métropole de près de cinq millions d'habitants, leur fit du bien après tant de temps passé, isolés dans la belle mais monotone nature tropicale des îles.

Le lendemain de leur arrivée, Tania demanda à Mrs Wesley de lui indiquer dans quelle banque les fonds correspondant au deuxième acompte avaient été versés.

En effet, en dehors de l'acompte de cinq cent mille dollars qu'ils avaient reçu à Saint Petersbourg, l'Organisation leur devait encore neuf millions et demi de dollars dont cinq millions devaient lui être versés maintenant et le solde, comme convenu quand Serguï les rejoindrait, sa mission terminée.

Une partie de cet argent irait à l'équipage et leur famille, le reste était pour eux.

Pendant que Paul et Kotia allaient explorer la ville, Mrs Wesley l'accompagna à la banque JP Morgan, avenue Venezuela, où toutes les formalités d'ouverture de comptes avaient été faites, ne restait plus que sa signature à apposer sur les documents. Un virement de quatre millions cinq cent mille dollars fut fait immédiatement sur le nouveau compte.

De retour à l'appartement, elle demanda à Mrs Wesley si elle pouvait inviter ses amis de Cuba à venir passer quelque temps à Caracas en attendant l'arrivée de Serguï, qu'ils auraient plaisir à connaître.

Son accord ayant été obtenu, elle s'empressa de téléphoner à Carmen pour lui annoncer la bonne nouvelle.

Les billets en première classe prépayés du vol La Havane-Caracas, seraient à sa disposition, au guichet de Copa Airline, à l'aéroport Marti.

Il y avait un vol avec une escale à Panama qui partait de Cuba à 17 h 40 pour arriver à Caracas vers minuit et demie.

Elle donna son numéro de téléphone et lui dit qu'elle la rappellerait pour préciser les détails du voyage.

Lundi 19 février.

Carmen, dès que Serguei l'eut mise au courant, téléphona immédiatement à Caracas.

Tania répondit tout de suite, car elle était réveillée depuis longtemps : elle dormait mal depuis quelques temps, anxieuse car sans nouvelles de Serguei et de leur avenir somme toute très incertain.

Ils étaient seuls dans l'appartement car Mrs. Wesley était partie en week-end et ne rentrerait que dans l'après midi.

— C'est Carmen…

Elle trouva qu'elle avait une drôle de voix.

— Bonjour Carmen, j'allais justement te rappeler. Tout va bien ?

— Je peux te parler librement ?

— Oui, bien sûr, je suis seule. Qu'y a t-il ?

Elle sentit qu'il se passait quelque chose de grave…

— Je viens d'avoir Sergueï. Tout va bien pour lui mais il y a eu une catastrophe, le sous-marin a coulé et la cargaison perdue…Ne t'inquiète pas, il est sain et sauf mais l'Organisation a décidé de vous supprimer et il faut que vous quittiez Caracas le plus vite possible, ce matin même.

— Il m'a dit qu'il était au Maroc et qu'il comptait partir rapidement pour le Sénégal d'abord puis pour l'Afrique du Sud où vous vous retrouverez d'ici quelque   temps.

Tu dois partir vers le Chili ou un autre pays voisin pour ensuite aller au Brésil et gagner Johannesburg. Il restera en contact avec vous par mon intermédiaire et appelle moi dès que vous serez plus en sécurité… Bonne chance, sois prudente…Je vous embrasse.

Elle raccrocha. Cette conversation qui n'avait durée que trois minutes, la laissa abasourdie.

Comment tout cela avait-il pu se produire ? Remise de son émotion, elle alla réveiller Paul et Kotia, et leur expliqua la situation. Vingt minutes plus tard, un petit bagage préparé en hâte avec le strict nécessaire, ils étaient dans un taxi, direction la banque où elle avait d'importantes affaires à régler.

Ils arrivèrent à l'ouverture et elle demanda à ouvrir un compte avec mille dollars.

Dès que ce compte fut créé, elle demanda à ce qu'on vire la totalité des fonds, moins cent dollars, qu'elle avait sur le premier compte, sur le nouveau.

Elle en retira cinquante mille, dont cinq mille en petites coupures, qu'ils se répartirent dans de petits sacs de toile achetés sur le marché.

Pendant ce temps, sur un ordinateur situé dans le hall, à la disposition des clients, Paul s'était connecté au site de l'aéroport pour voir les destinations prévues ce jour.

Il y avait un vol vers Lima, à 14 h 30. C'était une destination possible. Mais à y bien regarder, voyager en avion c'était aussi prendre le risque de se faire repérer, car l'Organisation n'allait pas rester inactive, dès que leur disparition serait constatée.

Elle avait bien laissé un petit mot pour Mrs Wesley qui lui indiquait qu'ils allaient se promener toute la journée et qu'ils ne rentreraient que le soir pour dîner, mais elle savait que son hôtesse ne serait pas dupe longtemps. Les recherches commenceraient vers 20 h et ils iraient voir d'abord à l'aéroport si trois passagers russes n'avaient pas pris un vol. Si c'était le cas, ils n'auraient aucun mal à les retrouver, où que ce soit.

Non, la solution était d'essayer de les semer en multipliant les déplacements.

Après avoir réfléchi, ils décidèrent de prendre un taxi pour l'aéroport. De là ils prirent un autre taxi pour le port de commerce de la Guaira.

Ils embarquèrent sur le ferry qui faisait la navette avec l'ile de Margarita. A leur arrivée vers 20 h. il n'y avait pas grand monde sur le quai de Porlamar, presque désert à cette heure.

Seul un vieux noir les aborda pour se proposer de porter leurs bagages.

C'était étonnant car ils n'avaient qu'un petit sac chacun. Enfin, se dirent-ils, ce pauvre hère avait sûrement besoin de quelques bolivars.

Ayant refusé son offre, ils décidèrent de passer leur première nuit de fugitifs sur place en prenant une chambre dans un petit hôtel discret dont l'enseigne lumineuse de néons rouges brillait dans l'avenue qui menait au port. Le vieil homme les suivit un moment puis disparut.

Mardi 20 février

Le lendemain matin, ils se rendirent faire quelques courses pour s'acheter des vêtements et tout ce qu'il leur fallait pour voyager une dizaine de jours.

Ces emplettes faites, ils allèrent au port de plaisance louer un yacht pour aller à La Grenade qu'ils avaient décidé de rejoindre.

Le propriétaire d'un Bertram de 45 pieds équipé pour la pêche au gros, accepta de les emmener pour deux mille dollars.

Au moment d'embarquer, leur attention fût attirée par une silhouette qui n'était autre que le vieux de la veille au soir. Aussitôt, l'inquiétude les saisit.

Que voulait-il et que faisait-il si ce n'est de les espionner ?

Inquiets et pressentant le danger car ils se doutaient qu'ils avaient probablement été repérés, ils demandèrent au skipper, moyennant une rallonge de cinq cent dollars, de leur faire faire le tour de l'île de Coche.

Cela rallongeait la route mais en prenant le cap à l'ouest, ils pensaient que les recherches s'orienteraient plutôt vers le continent. En tout cas, ils ne voyaient pas d'autre solution pour essayer de tromper leurs poursuivants.

La traversée par un temps magnifique et une mer d'huile dura toute la journée et ils arrivèrent au port de Saint George de La Grenade, à la nuit tombée.

Ils se firent déposer sur la jetée et personne de suspect en vue, ils partirent à pied vers le centre ville qui était tout proche.

Ils trouvèrent rapidement un petit hôtel sur le port et le tenancier ne leur demanda même pas leurs papiers puisqu'ils payaient cash.

Ouf ! Une bonne étape de franchie : ils avaient mis une certaine distance entre eux et leurs anciens amis, devenu leurs ennemis en quelques heures, mais ils savaient qu'il fallait être sur leurs gardes car l'Organisation n'allait pas les lâcher facilement.

Mercredi 21 février

Se sentant momentanément à l'abri du danger, ils passèrent une bonne nuit après le stress de la veille.

Le lendemain, Tania téléphona d'une cabine à Carmen :

— Nous sommes à La Grenade et comptons partir aussi discrètement que possible pour l'Afrique du Sud dès que possible mais avec quelques escales.

Carmen, soulagée donna des nouvelles :

— Sergueï est en sécurité sur un voilier qui l'amène à Dakar. Bonne route et soyez prudents, à bientôt...

— Merci, Carmen, merci mille fois...à bientôt j'espère...

Rassurés quant au sort de Sergueï qu'ils allaient bientôt revoir, car cela devenait maintenant une sérieuse probabilité, ils allèrent déjeuner et se baigner sur une plage privée.

Ce moment de détente arrivait à point nommé mais elle n'en profita pas vraiment car la tension qui régnait était trop forte.

L'après midi, ils se firent conduire en taxi à l'aéroport, tout au sud de l'île. Ils voulaient se rendre à Panama pour pouvoir disposer facilement de vols internationaux. De là, ils pourraient rejoindre l'Afrique plus rapidement.

Un bimoteur Beechcraft était à la location pour quinze mille dollars. Kotia, pendant que les négociations avec la petite compagnie aérienne se déroulaient, fit le tour plusieurs fois de l'aérogare à la recherche d'un possible suspect.

Bien lui en prit car il remarqua, assis sur un banc dans le hall, en face du bureau de location dans lequel se trouvaient Tania et Paul, un petit métisse au teint foncé, faisant semblant de lire un journal qu'il ne cessait d'abaisser pour voir ce qui se passait dans le bureau.

Dès que Tania sortit, il se leva pour entrer dans le même bureau. En ressortant il se dirigea vers les cabines téléphoniques ; Kotia sentit immédiatement le danger.

Les téléphones se trouvaient un peu à l'écart sous un grand escalier qui menait sur la terrasse panoramique.

Faisant mine de vouloir aussi téléphoner, il emboîta le pas du métisse qui entra dans une cabine. Celui-ci n'eut pas le temps de se retourner que déjà Kotia était sur lui.

Ce dernier tourna la tête pour comprendre ce qui lui arrivait mais son cou tourna un peu plus qu'il ne l'aurait souhaité, avec un craquement qui fût sans doute le dernier bruit qu'il entendit dans sa vie.

Kotia laissa le corps glisser doucement sur le plancher.

Il se retourna : personne en vue. Il traîna le cadavre derrière une file de charriots à bagages abandonnés depuis longtemps à voir la couche de poussière qui les recouvrait.

Quand on le retrouverait, ils seraient déjà loin.

Comme si de rien n'était, il rejoignit Tania et Paul, faisant mine de refermer sa braguette, pour ne pas avoir à fournir d'explication.

Inutile de les inquiéter dans l'immédiat : il leur raconterait tout une fois installés dans l'avion.

Comme ils avaient encore une heure à patienter, il proposa d'aller au bar pour prendre un rafraîchissement.

Pour sa part il préféra prendre un double rhum car après cet intermède violent auquel il n'était plus habitué, il avait bien besoin d'un remontant.

Ils quittèrent Point Salinas sans avoir pu se soustraire aux formalités de police ce qui inquiéta Tania quelque peu. Ils avaient laissé une trace. Si elle avait su ce qui venait de se passer...

Dans quelques heures, ils seraient à Panama et si tout se passait bien, ils pouvaient espérer bénéficier encore d'un peu d'avance.

Les formalités d'arrivée à l'aéroport de Tocumen se passèrent bien car leurs bagages ne contenait rien d'illicite et dix mille dollars par passager n'était pas une somme suspecte.

Ils prirent deux chambres à l'hôtel Riande qui était à trois kilomètres, car le lendemain il y avait un vol pour Lima à 9 h et qui arrivait à midi et demi.

Contents mais encore inquiets, surtout après les révélations de Kotia, la soirée se passa dans une atmosphère un peu tendue que la bonne humeur de façade de Tania n'arriva pas à dissiper.

Jeudi 22 février

Levés de bonne heure après une nuit un peu agitée, seul Kotia avait bien dormi, leur vol pour Lima s'effectua sans problème.

A leur arrivée, pas de comité d'accueil dans la foule des passagers ce qui les rasséréna un peu.

Il y avait bien quelques individus qui leur paraissaient un peu suspects mais personne ne les suivit.

Par précautions, Kotia ne s'était pas joints à eux et les suivait à bonne distance, surveillant les arrières.

Comme leur vol pour São Paulo était aussi de bonne heure, ils prirent la navette de l'hôtel Costa des Sol Ramada, à cinq minutes de l'aéroport.

Avant de monter dans sa chambre, Kotia resta un grand moment confortablement installé dans un des grands fauteuils du hall à observer les clients qui passaient. N'ayant rien remarqué d'anormal, il monta dans sa chambre.

Se pouvait-il qu'ils soient réellement arrivés à semer leurs poursuivants ?

Tania appela Carmen pour lui dire qu'ils étaient à Lima et qu'ils partaient le lendemain pour le Brésil.

Qu'elle le dise à Sergueï pour le rassurer et demain de São Paulo, elle la préviendrait de leur arrivée à Johannesburg.

Tranquillisés, ils prirent un taxi pour aller dans le centre ville déjeuner et passer l'après midi à traîner dans les rues pittoresques du centre.

Ils rentrèrent vers 18 h et décidèrent de profiter du spa pour se détendre.

Après un dîner léger pris au restaurant, Tania et Paul montèrent dans leur chambre pour se coucher car la fatigue de la journée se faisait sentir.

Kotia qui n'avait pas sommeil décida de rester un peu au bar, s'octroyer une petite vodka, pour se détendre. Il s'installât au comptoir sur les hauts tabourets d'où il avait une vue intéressante sur le lobby qui lui permettait de surveiller les allées et venues des clients.

En cette fin de semaine, il y avait foule car le carnaval qui commençait le week-end suivant attirait déjà beaucoup de monde.

Deux jeunes femmes, manifestement déjà un peu éméchées et très volubiles vinrent d'asseoir près de lui et commencèrent à lui parler en espagnol.

— Yo Rosant e ella Paquita.. E tu ?

Faisant des signes qu'il ne comprenait pas, elles éclatèrent de rires et essayèrent un peu d'anglais sans succès.

A force de leur répéter « rousky » elles comprirent finalement :

— Ah, ruso ? Vodka ?...

Il opina du chef...

Finissant son verre, il leur en proposa un autre.

— Si, si, con mucho gusto...

Elles riaient de plus en plus fort en faisant de grands gestes qui accentuaient leur hilarité.

Tout à coup Paquita, la plus grande, vacillant sur son tabouret, partit en arrière, bascula avec un petit cri et tomba à la renverse sur la moquette.

Kotia se précipita pour l'aider à se relever et avec son amie, ils la firent asseoir dans un fauteuil.

Elle massait son genou en faisant des grimaces de douleur.

Personne dans le bar très animé à cette heure, n'avait remarqué l'incident.

Chuchotant à son oreille, Rosant soulevât son amie et, en boitant, elles commencèrent à marcher vers le hall.

Kotia se proposa de les aider car visiblement Rosant avait de la peine à la soutenir.

Arrivés à l'ascenseur, comme ils n'arrivaient pas à passer tous les trois de front, Kotia la souleva comme une plume et la garda dans ses bras. Elles pouffaient de rire et il la transporta ainsi jusque dans leur chambre.

Il se rendait vaguement compte du danger de la situation, mais émoustillé par ce corps pulpeux et l'alcool, il se dit qu'après tout il était de taille à ne pas se laisser faire.

Après l'avoir déposée délicatement sur le lit, il s'assit sur le bord.

Rosant lui proposa un grand verre de rhum qu'elle lui fit boire d'un trait, suspendue à son cou.

Kotia, déjà un peu éméché, ne se fit pas prier.

Se sentant un peu fatigué, il se sentit partir en arrière. Tout tournait autour de lui.

Avant de sombrer dans un sommeil profond, il entendît, comme venant de très loin, un grand éclat de rire.

A 6 heures, Tania et Paul prenaient leur petit déjeuner en attendant Kotia qui, contrairement à l'habitude où il était le premier levé, tardait à venir.

A 6 h 20, un peu inquiète, Tania demanda à Paul d'aller appeler téléphoner dans sa chambre.

Personne n'ayant répondu, ils partirent en courant vers les ascenseurs : il fallait aller voir ce qui se passait. Arrivés à l'étage ils virent que la chambre était vide et que le lit n'était pas défait.

L'angoisse la saisit immédiatement et Paul fit une grimace.

Le premier incident grave venait de se produire entravant la bonne marche de leur fuite.

Redescendus à la réception, ils allèrent chercher des informations.

Personne de l'hôtel ne savait quoique ce soit.

Le personnel de nuit du bar était parti et ne reviendrait que dans l'après midi.

Les ennuis commençaient…Que s'était-il passé cette nuit ? Kotia étant resté au bar, peut-être avait-il fait une mauvaise rencontre ?

Comment faire ? Il ne restait plus qu'à attendre…en se rongeant les sangs !

Les billets étaient perdus mais tant pis ! On en rachèterait d'autres...

Paul qui commençait à comprendre l'utilité de l'argent suggéra à sa mère d'aller voir le concierge et lui demander de joindre le plus tôt possible le barman, contre une bonne récompense.

En effet, vers dix heures, celui-ci arriva encore endormi de sa nuit écourtée.

Oui, il se souvenait bien d'un grand monsieur assis au comptoir qui avait commandé plusieurs vodkas, mais c'était tout car il y avait beaucoup de monde à servir.

Tania qui voulait en savoir plus, sortit une liasse de dollars.

Le barman écarquilla les yeux et subitement la mémoire lui revint.

Deux jeunes femmes étaient assises près de lui et une était tombée d'un tabouret.

Il les avait vus se diriger tous les trois vers les ascenseurs, une soutenue par son amie et le Monsieur.

Il n'en savait pas plus car son service l'avait accaparé tard dans la nuit et il n'avait pas vu le monsieur revenir. Il prit ses dollars avec un grand sourire et partît en sifflotant : voilà une journée qui avait bien commencée...même si la nuit avait été un peu courte !

Tania, le visage fermé, regarda Paul qui était tout chamboulé. C'était une piste sérieuse qui permettait de commencer l'enquête.

De nouveau devant le concierge, Tania lui demandât avec son plus joli sourire et la main sur son sac entr'ouvert, de rechercher quelles étaient les chambres occupées par deux dames.

Certain que le renseignement serait bien rémunéré, le concierge faisant fi du secret professionnel, (n'était-il pas là pour rendre le maximum de services aux clients ?) eut tôt fait de trouver en pianotant sur le clavier de son ordinateur.

Ce fût d'autant plus facile qu'il était présent quand ces deux femmes étaient arrivées et qu'il s'était dit que ce genre de clientèle nuisait à la bonne réputation de l'établissement.

Il envoyât immédiatement une femme de chambre se renseigner.

Tania profitant que l'attention du concierge s'était portée sur de nouveaux clients, emboîta le pas de la femme de chambre qu'elle suivit jusqu'à la chambre indiquée.

La porte ouverte avec le passe, elle demanda à Paul de l'attendre dans le couloir.

Elle vit alors Kotia allongé en travers du lit.

Sa forte respiration entrecoupée de ronflements la rassura quant à sa bonne santé.

Ouf ! Il ne lui était rien arrivé de grave.

Se penchant sur lui elle l'appela et comme il ne répondait pas, elle le secoua fortement.

Il commença à remuer puis ouvrit les paupières, tenta de se relever puis s'affala à nouveau.

Tania n'arrivait pas à croire qu'il se soit saoulé, ce n'était plus dans ses habitudes : on avait surement dû le droguer.

Sur la moquette, gisait un verre renversé et une bouteille de rhum bien entamée.

Elle fit rapidement le tour de la chambre.

Ses vêtements avaient disparus avec son porte-feuille ainsi que ses belles chaussures neuves.

Il lui semblait bien que c'était crapuleux : les femmes l'avaient fait boire un somnifère pensant que c'était un riche homme d'affaire et l'avaient fait monter dans la chambre pour le dépouiller.

Ce n'était pas si grave, elle avait craint le pire.

L'Organisation n'avaient pas encore retrouvé leur trace : il fallait cependant rester un jour de plus à Lima car ils avaient raté leur avion et elle ne savait pas s'il y avait d'autres vols.

Avec l'aide de la femme de chambre et de Paul qu'elle avait appelé, ils transportèrent le colosse dans la salle de bain et l'assirent dans la baignoire.

L'eau froide de la douche le réveilla en sursaut et il reprit ses esprits se demandant comment il était arrivé là. Il avait un terrible mal de tête et ne se souvenait pas bien de sa soirée.

Tania l'attendait dans la chambre quand il sorti, un peu groggy, enveloppé du peignoir de bain.

Il s'assit encore hébété, et raconta à Tania ce qui s'était passé.

— Excusez-moi, Tatiana, vraiment je suis vraiment un mauvais garde du corps ! J'aurais dû me méfier de ces deux salopes !

— Ce n'est pas grave Kotia, l'important est qu'il ne te soit rien arrivé de grave et que tu ne t'en sortes qu'avec une migraine. Repose toi bien ce matin et descend, si tu te sens mieux, vers une heure. Nous déjeunerons à l'hôtel. Je vais voir si on peut prendre un autre vol aujourd'hui.

Rassurée, après l'avoir raccompagné dans sa chambre, ils retournèrent dans la salle du petit-déjeuner où elle commanda un autre café.

Elle se rendit à l'agence de voyage qui était dans le hall.

Il y avait bien des places sur le vol de 12 h 50 mais c'était trop tard. Les vols de 22 h 20 et 23 h 45 étaient complets.

Elle acheta trois billets pour celui du lendemain matin, le même que celui qu'ils avaient raté. Cela faisait encore une journée à passer à Lima, une journée de plus…

Après le repas, Kotia qui les avait rejoint, remonta dans se chambre pour se reposer : il ne s'était pas encore bien remis des évènements de la nuit et ne se sentait pas d'aller arpenter les rues de Lima.

Tania et Paul passèrent une partie de l'après midi au Musée Inca pour apprendre ce qu'avait été cette civilisation.

Le soir, méfiants ils se firent apporter un repas dans leur chambre, sauf Kotia qui n'avait pas faim et qui avait passé toute la journée couché.

Vendredi 23 février

Réveillés tôt, Kotia les rejoignit pour le petit déjeuner : il avait bien récupéré et mangea comme un ogre. Sa bonne humeur était revenue et il se confondit encore en excuses.

Les formalités d'embarquement furent un peu plus longues que prévues et la crainte de voir arriver leurs ennemis les préoccupait ; mais quand ils se trouvèrent bien assis dans leur confortable fauteuil de première classe en route pour São Paulo, ils estimèrent qu'ils avaient gagné leur pari de quitter Caracas et d'échapper à leurs poursuivants.

Certes, cela leur avait demandé pas mal de perspicacité et d'argent mais ils avaient bien brouillé les pistes et à cette heure, les « amis » vénézuéliens devaient tourner en rond…Depuis Santa Margarita et la Grenade, seuls deux suspects s'étaient manifestés ; l'un avait été vraisemblablement berné et l'autre réduit au silence.

Il y avait eu une fausse alerte la veille mais maintenant la partie semblait gagnée.

Rassurés et détendus, ils arrivèrent à l'aéroport de Guarulhos un peu après 17 h et s'installèrent tout de suite à l'hôtel Mariott.

Ils n'avaient pas envie de se rendre au centre ville, car il y en avait pour au moins pour deux heures de route en cette veille de week-end ; ils restèrent passer la soirée dans l'hôtel qui disposait de toutes les prestations des établissements de luxe, spa, piscine sauna, ainsi que de nombreux restaurants avec plusieurs types de cuisine au choix.

Leur vol pour Johannesburg étant prévu pour le lundi suivant, ils passèrent le week-end dans cette immense métropole dans laquelle ils se sentaient en sécurité, perdus dans la densité de la foule.

Les sites touristiques ne manquaient pas et ils décidèrent d'abord de visiter le parc Ibirapuera, le poumon de la ville, puis le Musée d'Art.

Le soir, Tania fit plaisir à ses « hommes » en leur offrant des places pour le match São Paulo (les Tricolores) contre Botafogo de Rio, au stade Morobe.

Lundi matin elle se rendit à l'agence de la JP Morgan, près du Jardin Belavista pour y ouvrir un nouveau compte. Elle demanda tout de suite de faire un virement de son deuxième compte qu'elle avait ouvert à Caracas sur ce nouveau compte.

Rassurée quant au montant versé, elle demanda qu'on lui établisse immédiatement une carte bancaire « Platine ». Puis ils allèrent au consulat d'Afrique du Sud pour demander un visa touristique de trois mois.

Le début d'après midi se passa tranquillement à farnienter au bord de la piscine de l'hôtel et ils se dirigèrent vers l'aéroport tout proche vers 16 h, pour embarquer à 18 h 30.

Mardi 27 février

Quand le dernier avion qui devait les conduire en Afrique du Sud, eut décollé, ils sentirent comme un grand poids se lever de leur poitrine.

Enfin, cette fuite allait prendre fin et avec elle, le bonheur de tous se retrouver effacerait tous les soucis et les angoisses qu'ils avaient pu éprouver ces derniers jours.

Les services d'immigration à Johannesburg furent un peu tatillons mais finalement on valida leur visa touristique.

Cela suffisait pour l'instant et ils aviseraient par la suite en fonction de ce que déciderait Serguëï.

Ils descendirent à l'hôtel Fairway Park, dans le quartier résidentiel de Randpark où ils seraient bien installés pour accueillir Serguëï.

Le lendemain matin, Tania alla ouvrir un compte à la banque JP Morgan et demanda le transfert des fonds de São Paulo vers ce nouveau compte.

Rassurée de se voir à la tête de plusieurs millions de dollars et d'avoir semé ses poursuivants, elle envisageait maintenant l'avenir beaucoup plus sereinement.

De l'argent plus qu'il ne leur en fallait pour vivre aisément, la famille bientôt réunie et avec le recul, ces deux mois, bien que pleins d'inquiétude et de péripéties se terminaient pour le mieux.

En l'entendant chantonner, le chauffeur de taxi qui la ramenait à l'hôtel lui fit un grand sourire.

Tania avait appris de Carmen la date et l'heure de l'arrivée de Sergueï.

Le mercredi soir, ils étaient donc tous les trois à l'attendre, à l'aéroport, impatients de le revoir.

Quand ils virent, de loin dans la foule des passagers, une chevelure blanche aisément repérable parmi les passagers du vol de Dakar, ils surent tout de suite que c'était lui.

Les traits tirés, amaigri mais en bonne santé apparente, dès qu'il les vit, il laissa tomber son petit sac et courût à leur rencontre.

L'émotion les submergeait tous les quatre et les étreintes et embrassades n'en finissaient pas. Ils se regardaient comme si c'était la première fois qu'ils se rencontraient !

… 62 jours qu'ils s'étaient quittés…

Que d'événements, que d'inquiétude et maintenant tout ce bonheur d'enfin se retrouver.

Paul avait beaucoup changé, il avait grandi et le soleil des Antilles lui donnait un teint hâlé qui mettait en valeur ses traits fins et ses cheveux plus blonds que jamais. Presqu'un vrai jeune homme, à présent.

Tania, toujours aussi belle, malgré quelques ridules au coin de ses beaux yeux bleus provoquées par les soucis, surtout de cette dernière semaine, rayonnait de bonheur.

Quant à Kotia, qui avait pris quelques kilos dus à l'absence d'exercice, il était lui aussi tout à sa joie.

Bras dessus, bras dessous, ils montèrent dans le gros 4X4 de location et partirent vers l'hôtel.

Ils avaient les uns et les autres tant de choses à se raconter

27

Caracas, le lundi 19 février

Mrs Wesley fût étonnée de trouver la maison vide lorsqu'elle arriva vers 10 heures.

Le petit mot de Tania la rassura : dans le fond, ils avaient bien le droit de se distraire.

A 11 heures, le téléphone sonna : c'était Don Diego en personne, qui vociférant, lui demanda d'empêcher les trois Russes de sortir de l'appartement, jusqu'à son arrivée.

Elle se mit à trembler :

— C'est à dire... Don Diego... que...

— Qu'est-ce qu'il y a encore ?

— Ils sont déjà partis se promener en ville...

Après quelques instants pendant lesquels elle imagina bien le Boss prêt à exploser...

— Comment ils sont sortis...? Où sont ils allés...? Débrouille-toi de les trouver tout de suite, je les veux cet après midi ...Tu as compris ? Tu as bien compris ?

— Bien, Don Diego, je m'en occupe...

— Tu as intérêt...

Et il raccrocha.

Elle s'assit pour essayer de reprendre ses esprits, après ce coup de gueule du Boss.

Que se passait-il ? Elle ne comprenait pas cette soudaine fureur.

Elle décida d'appeler Antonio qui, lui, devait savoir.

— Il se passe que l'opération à échoué, le sous-marin a été coulé et la marchandise perdue, saisie par la police espagnole. L'amiral est le seul rescapé et le Boss ne veut absolument pas payer ce qu'il doit aux Russes ; il a décidé de les supprimer tous les quatre ! Il faut les retrouver le plus tôt possible, avant qu'ils ne s'échappent, si ce n'est déjà fait. Quelqu'un les a peut-être déjà prévenus.

— Cela paraît suspect qu'ils soient partis ce matin de bonne heure : ce n'est pas dans leurs habitudes...

— Commence par envoyer un fax à la banque en demandant que leur compte soit bloqué. Je fais le nécessaire à l'aéroport pour vérifier la liste des passagers au départ...Tiens-moi au courant dès que tu as des nouvelles.

Encore tremblante, elle rédigea le fax en inscrivant bien le numéro du compte qu'elle avait ouvert avec Tania.

Où pouvaient-ils bien être allés ? Ils avaient bien parlé de visiter le Musée d'Art contemporain, le parc d'El Avila. Comment savoir ? Où les chercher dans cette immense ville ?

Et puis, ce n'était pas certain qu'ils se soient enfuis. Aussi bien ils rentreraient ce soir comme prévu...

Elle se disait tout ça pour se rassurer mais en réalité elle était très inquiète car s'ils avaient vraiment disparus, elle serait tenue responsable, même si elle ne se sentait coupable de rien. Elle n'avait pas été chargée de les suivre à la trace, enfin !

N'importe, le patron serait intraitable et elle savait ce qui risquait de lui en coûter.

Elle appela le chauffeur et décida de tourner en ville dans les endroits les plus touristiques.

Au moins, cela lui occuperait l'esprit, même si elle savait que les chances de tomber sur eux étaient des plus minces.

Elle appela trois fois Antonio pour avoir des nouvelles : pas de trace à l'aéroport ni ailleurs...

Il avait mobilisé tous ses réseaux, donné leur signalement précis, en vain, pour l'instant.

Il n'y avait plus qu'à attendre le soir pour savoir si, oui ou non, ils étaient en fuite.

A la nuit tombée, il n'y avait plus de doute : ils avaient été prévenus, mais par qui ?

Elle pensa bien à leurs amis de Cuba, mais elle ne savait pas comment les joindre.

Seule Tania avait leur numéro : il était possible de le retrouver en interrogeant les télécom mais cela prendrait du temps et on était dans l'urgence.

Elle appela une dernière fois Antonio pour lui confirmer.

Don Diego allait être furieux et cela risquait de retomber sur tout le monde.

De toute façon elle ne pouvait rien faire, si ce n'est attendre, en espérant que le châtiment ne serait pas trop lourd !

Ils étaient malins et avaient bien brouillé les pistes ; ils devaient être loin à présent, certainement pas à Caracas, peut-être même étaient-ils retournés en Europe ?

Toute la nuit et la journée du lendemain, les recherches se poursuivirent.

Un premier indice fut fourni vers 10 heures par un porteur de Santa Margarita qui les avait vus débarquer du ferry, la veille au soir, et prendre le lendemain matin, un yacht de location qui était parti en direction du continent.

Il avait bien noté le nom du bateau mais personne n'avait pu le renseigner sur leur destination et il n'était pas revenu à Santa Margarita.

Le port le plus proche était Trinidad ou Saint Georges, à 10 heures de navigation.

C'est sûrement dans un de ces deux ports qu'ils avaient l'intention de se rendre.

Aussitôt, Antonio prévint ses contacts sur ces deux îles où il était comme chez lui.

Ils seraient certainement repérés à leur arrivée le soir même.

La colère du « Big Boss » avait décuplé quand il avait appris que l'Amiral était introuvable, aussi !

Heureusement que le nécessaire avait été fait pour bloquer le compte ; au moins ils n'iraient pas loin…Quelle idée lui était passée par la tête quand il avait autorisé le paiement ! Jamais il n'aurait dû faire confiance à ces Russes.

Enfin, l'enquête ne faisait que commencer et il espérait bien les débusquer un jour ou l'autre. Alors là…

D'un indicateur de la Grenade, ils avaient appris que le trio avait bien passé la nuit à Saint George et qu'ils avaient pris un taxi dans l'après midi. Ils étaient suivis et on aurait bientôt des nouvelles de leur prochaine destination.

Le lendemain, pas de nouvelles ; l'indicateur ne s'était pas manifesté et demeurait introuvable.

Probablement ils devaient avoir quitté l'île mais pour quelle destination ?

Par acquit de conscience, Mrs Wesley alla à la banque vérifier que son ordre avait bien été exécuté. Quand on lui dit que le compte avait bien été bloqué mais qu'il ne restait que cent dollars au crédit, elle faillit se trouver mal. Ainsi, cette rusée de Tania avait bien caché son jeu. Ce n'était donc pas la petite jeune femme si frêle et si gentille qu'elle avait toujours cru qu'elle était.

Elle pressentait que la colère de Don Diego allait être terrible.

Il fallait essayer de le lui cacher en attendant que la situation évolue, favorablement pour elle...

De toute façon, tôt ou tard, l'Organisation finirait bien par les retrouver : tout le réseau mondial était mobilisé.

28

Le Cap, été 2001

Ils ne restèrent pas longtemps à Johannesburg et partirent s'installer au Cap.

Ayant investi deux millions de dollars dans un hôtel au bord de mer, le Bayside Lodge, sur les hauteurs de Fish Hoek sur le versant sud d'Elsie's Peak, ils obtinrent rapidement leur naturalisation.

A cette occasion, ils changèrent de nom : adieu les Klykov, bonjour les Grohnewald :

Pietrs, Margot. Paul avait conservé son prénom, quasi universel.

Même Kotia accepta avec bonhommie son nouveau nom : Alex Gall.

Il s'était mis à l'anglais qu'il parlait avec l'accent rugueux des Afrikaners et avait rapidement rencontré une jolie métisse qui tenait une boutique de maillots de bain sur la plage ; il gouttait pleinement à cette nouvelle vie. Ils envisageaient même de se marier un jour prochain.

Pour l'occuper, Sergueï l'avait embauché pour assurer la sécurité de l'hôtel et aider à la réception.

Ce n'était pas un gros travail mais il avait quand même à bien exercer la surveillance car Le Cap était une ville assez dangereuse où la délinquance progressait ; sa carrure rassurait les clients.

Paul avant de commencer ses études au collège, perfectionnait son anglais avec les enfants des clients de l'hôtel et au club de surf sur la plage toute proche.

Pietrs et Margot, qui occupaient deux belles chambres au dernier étage de l'hôtel étaient contents de gérer ce petit hôtel de charme et de grand luxe situé à mi-pente d'Elsie's Peak, avec une vue sur mer fabuleuse, fréquenté par la Jet Set.

Paul avait préféré un petit studio dans le jardin de l'hôtel.

Les clients appréciaient la chaleur de l'accueil, l'efficacité et la discrétion du service ainsi que la table tenue par un chef d'origine italienne qui débordait d'imagination à la grande satisfaction des convives.

Le soir, Tania et Sergueï confortablement installés dans les profonds fauteuils de leur terrasse, savouraient cette nouvelle vie. Quand Sonia les aurait rejoints, Sergueï serait enfin pleinement heureux.

Bien sûr, planait toujours au-dessus d'eux l'ombre des événements tragiques de février, mais tout ça était loin maintenant et ils profitaient bien du moment présent.

Tania, on peut dire grâce à toutes ces aventures qu'elle avait surmontées avec courage et intelligence, avait recouvré un bon équilibre et voyait l'avenir avec optimisme.

Surtout depuis qu'un client de la ville proche de Port Élisabeth était venu passer trois semaines. Marié depuis deux ans, la femme de Jack Persad était partie subitement avec un riche viticulteur argentin. Installée dans une grande hacienda à Uco Valley près de Mendoza, elle lui avait envoyé un avocat pour obtenir le divorce : elle, ou plutôt son riche mari, prenait tous les torts à sa charge à condition que la procédure soit rapide.

Un peu perturbé par cet abandon auquel il ne s'attendait pas, Jack avait trouvé auprès de Tania l'occasion de refaire sa vie.

Ce n'était pas un Adonis, mais, grand et bien bâti il avait un certain charme, sa simplicité et un beau sourire avaient séduit Tania. La grosse affaire de courtage de minerai qu'il dirigeait avec son frère, à Port Élisabeth, lui laissait pas mal de loisirs et de revenus.

Surfeur de haut niveau, il avait tout de suite plu à Paul qui avait bien compris que sa mère ne pouvait continuer à vivre seule.

Serguëi voyait d'un bon œil cette liaison qui ne pouvait que le satisfaire car cela permettait à Tania de recommencer une nouvelle vie dans de bonnes conditions.

De son côté, Serguëi avait réussi à trouver un moyen de rentrer discrètement en contact avec Sonia par l'intermédiaire d'un avocat international, Mark Johnson que lui avait présenté son banquier et avec lequel il s'était lié d'amitié. Comme celui-ci devait faire un déplacement en Europe en mars pour faire parvenir aux familles des membres de l'équipage les sommes qui leur revenaient, il en profiterait pour prendre contact avec elle.

29

Saint Petersbourg, Avril 2001

Au retour de vacances de fin d'année, Sonia s'était inquiétée de la disparition de Sergueï et du sous-marin car même si l'Amirauté avait tout fait pour garder secrète cette affaire, peu glorieuse pour la Marine et le gouvernement, le bruit s'était répandu.

Elle avait compris qu'elle n'aurait peut-être plus de nouvelles de Sergueï et par prudence, vieux réflexes de l'ère soviétique, elle avait demandé discrètement à la vieille babouchka qui travaillait rue Kropotkina de se renseigner.

Celle-ci avait trouvé porte close avec du courrier sur le palier et les voisins avaient confirmé qu'ils n'avaient plus vus les Klykov depuis la fin de l'année.

Comme sa liaison avec Sergueï avait été plutôt discrète, le FSB ne fit pas le rapprochement et Sonia n'avait pas été inquiétée.

Le temps passait et cela faisait plus de deux mois qu'elle était sans nouvelles.

Fin mars, elle fût surprise quand même du message anonyme trouvé sur son répondeur lui demandant d'appeler un numéro de téléphone en Finlande qu'elle se dépêcha d'aller composer à partir d'une cabine de l'Hôtel Aurora, tout près de chez elle.

Le correspondant lui dit seulement que si elle venait à Helsinki, il lui remettrait un pli confidentiel de la part de Sergueï. Il parlait anglais mais avec un accent qu'elle ne pouvait définir.

Intriguée, elle se décida d'aller passer quelques jours dans cette capitale qu'elle ne connaissait pas, pour voir ce qu'il en retournait. Elle réserva un passage sur le ferry de nuit qui partait à 17 h et arrivait le lendemain matin.

De l'hôtel Skandic Marski où elle avait pris une chambre, elle appela le numéro indiqué et un rendez-vous fut pris, au bar à midi.

S'étant postée dans le hall pour surveiller les entrées, elle vit arriver un homme qui visiblement cherchait quelqu'un. Il était grand, la peau foncée sans être complètement noire, les cheveux lisses, bien peignés en arrière. Son costume sombre sur lequel il portait un manteau de loden de marque, en faisait un homme élégant et séduisant.

Il était midi pile, personne d'autre semblant attendre, comme elle décidait de l'aborder, ce fût lui qui se dirigea vers elle.

La conversation s'engagea :

— Bonjour Docteur Poliakova, je vous ai reconnue grâce à la description de Sergueï.

— Bonjour Monsieur…

— Mark Johnson, pardon, j'aurais dû me présenter…

— Vous avez des nouvelles de Sergueï ?

— Tout va bien. Il est installé au Cap, en Afrique du Sud précisa-t-il, et m'a demandé de vous remettre ceci en mains propres. Il a changé de nom et s'appelle maintenant Pietrs Grohnewald.

Il sortit de la poche de son manteau une épaisse enveloppe qu'il lui tendit.

— Pour la bonne forme, je vous remercie de me signer un reçu : vous pouvez ajouter un petit mot que je lui remettrai à mon retour. Si vous avez des questions, n'hésitez pas.

Sonia, gênée, ouvrit fébrilement l'enveloppe kraft qui contenait une liasse de dollars accompagnée d'une courte lettre.

Trop intriguée, elle ne pu s'empêcher d'en commencer la lecture.

Mark en profita pour aller commander des boissons.

« J'espère que tout va bien pour toi. Nous sommes au Cap où, si tu le souhaites, tu peux nous rejoindre. Tu auras de quoi payer ton billet avec l'argent joint.

Réfléchis bien et prends ton temps pour me répondre. Mon ami Mark revient au Cap fin mars : tu pourras lui téléphoner ta réponse que j'attends avec impatience, en espérant qu'elle soit positive.

De toute façon, si tu viens me rejoindre, tu se-ras libre de repartir quand tu veux.

Je t'embrasse tendrement.

Serguèï »

PS : si tu décides de rester à Piter, profite bien des dollars, ils sont à toi…Tu peux m'appeler d'Helsinki au 27 21 441 3132.

Son cœur battait la chamade. Ainsi, il ne l'avait pas oubliée, il tenait toujours beaucoup à elle et il l'attendait loin, en Afrique.

Elle était désemparée. Que faire ?

Il fallait qu'elle réfléchisse comme lui conseillait Serguèï

Mark revint avec deux coupes de champagne :

— Je pensais que cela vous ferrez plaisir d'avoir de bonnes nouvelles de Serguèï, enfin Pietrs depuis quelques temps.

Ils trinquèrent à leur prochaine rencontre, peut-être au Cap ?

Mark se leva et en lui serrant la main, lui dit :

— J'espère sincèrement que vous viendrez. Il sera tellement heureux car il est très seul et un peu dé-boussolé, après toutes ses aventures… Il vous ra-contera. Au revoir Sonia.

— Merci Mark, je vous donne une réponse le plus tôt possible.

Impatient de l'entendre, elle monta rapidement dans sa chambre pour l'appeler.

Renseignements pris, il était presque la même heure au Cap.

La main tremblante, elle composa le numéro indiqué.

— Bayside Lodge, can I help you ?

— I would like to speak to…(elle hésita !)…Piotr… Pietrs..

— Who do I advertise ?

— Sonia

— One moment, pelasse..

Trente secondes après, elle reconnu la voix de Sergueï :

— Hello, it's Pietrs speaking…

— C'est Sonia…moyé lyublyu

Quand il entendit « Sonia,… mon amour » en russe, son cœur chavira. C'était enfin elle, elle avait rencontré Mark, elle l'appelait…

L'émotion réciproque fit qu'un court instant aucun des deux ne parla.

— Allo, tu es toujours là ?

— Oui, dit Sonia, comme je suis heureuse de t'entendre…

— Moi aussi. Quand viens-tu me rejoindre ?

— Comme tu me l'as demandé je dois réfléchir, mais j'en meurs d'envie…

— Viens seulement passer quelques temps…

— Je vais essayer. Je le dirai à Mark le plus tôt possible

— Ok, je t'embrasse très fort.

— Moi aussi à bientôt, j'espère…

Elle raccrocha le cœur battant toujours aussi vite.

Il fallait maintenant prendre une décision mais il y avait quand même quelques problèmes à résoudre.

Elle décida de rentrer à Saint Petersbourg le plus tôt possible par le premier ferry.

La nuit à bord lui donnait tout le temps de réfléchir calmement.

30

Caracas, mars 2001

Mrs. Wesley avait fait les frais de la disparition des trois Russes. La sévère réprimande d'Antonio n'avait pas suffit à Don Diego qui lui avait ordonné de la faire disparaître rapidement.

Deux sbires étaient venus la chercher pour une promenade en mer dont elle n'était pas revenue.

A Saint Petersbourg les choses s'étaient aussi mal passées pour Oleg Alechine le responsable du choix de l'Amiral. Il avait été remplacé par un autre « capo » et finirait ses jours dans une obscure ville de l'Oural où il surveillerait les petits dealers.

Don Diego avait du rembourser de sa poche l'achat de la drogue aux producteurs colombiens ; c'était le plus gros coup dur du Cartel depuis toujours.

Sa rancune n'avait d'égale que sa soif de vengeance !

Cela avait pris du temps mais petit à petit il avait reconstitué le trajet des fugitifs surtout grâce à la trace que les virements bancaires successifs avaient laissés.

Même s'il manquait des étapes, il était certain qu'ils avaient quitté Sao Paulo pour l'Afrique du Sud.

Là-bas il avait un bon contact avec Rito Palazzo, le chef local de Cosa Nostra, plus connu sous le nom de Kolbatchenko, à qui il avait d'autres fois rendu des « services »...et qui n'était pas un ingrat !

Maintenant il était rassuré : il pouvait préparer sa revanche...

EPILOGUE

Automne 2001, Le Cap

Leurs amis Betelcéguy, qu'ils avaient invités à venir passer deux mois avec eux en avril, étaient retournés à Cuba. Ils avaient eu beaucoup de joie à revoir Tania, Paul et Kotia et faire la connaissance de Sergueï dont ils ne connaissaient que la voix !

Heureusement, Sonia, qui était venue d'abord pour un séjour de quelques semaines en mai, était revenue définitivement, car elle avait trouvé l'endroit merveilleux et la compagnie de Sergueï très agréable, à tout point de vue…

La bonne harmonie qui régnait dans cette famille avait aussi contribuée à sa décision.

Elle était retournée à Saint Petersbourg pour donner sa démission à l'hôpital et vendre son appartement puis à Moscou pour revoir ses enfants qui s'étaient montrés enthousiastes du projet de leur mère.

Ils avaient d'ailleurs envisagé de venir passer leurs vacances en septembre, avec leurs compagnons respectifs.

Sergueï avait raconté à Sonia, par le menu, toute son aventure et celle de Tania et Paul qu'elle avait trouvée extraordinaire ; la fuite de Tania, Paul et Kotia de Caracas et leur périple pour déjouer leurs ennemis, la laissait pleine d'admiration.

Par contre, connaissant maintenant la tragédie du naufrage du sous-marin elle comprenait mieux les moments de mélancolie de Sergueï.

Tania qui avait décidé de vivre avec Jack, était d'abord partie habiter Port Élisabeth qui n'était qu'à une heure de vol. Mais, d'un commun accord, le nouveau couple avait décidé de revenir au Cap car Tania préférait que son fils grandisse dans une plus grande ville où il pourrait faire de meilleures études. Jack irait à Port Élisabeth deux ou trois jours par semaine.

Le temps s'écoulait agréablement sous le climat tempéré du Cap où la température n'excédait pas en décembre vingt cinq à vingt six degrés et en août une dizaine de degrés avec certes des épisodes pluvieux, mais dans l'ensemble bien plus agréable qu'à Saint Petersbourg.

Tout ce petit monde se retrouvait en fin de semaine pour profiter pleinement de leur vie nouvelle où tous s'épanouissaient.

Passés les premiers mois de leur installation et l'arrivée de Sonia qui lui avait tenu l'esprit occupé, Sergueï maintenant qu'il avait retrouvé une certaine stabilité et débarrassé des soucis matériels, n'arrivait cependant pas à effacer de sa mémoire le souvenir du naufrage du *Kalouga* qui le hantait, surtout la nuit tout au long des ses insomnies.

Tous le jeudi, car il mettait un point d'honneur à satisfaire au mieux sa clientèle exigeante, il allait au marché aux poissons du port de Kalkbay qui regorgeait d'excellents produits de la mer, de toutes les espèces,

Ce jeudi là, étant parti de bonne heure pour pouvoir choisir les meilleurs pièces et, comme il avait du temps devant lui, il décida de monter sur les hauteurs d'Elsie's Peak qui dominait False Bay, pour profiter du lever de soleil et de la vue exceptionnelle qu'elles offraient.

Après quelques kilomètres de lacets, il arriva au sommet et s'arrêta sur le parking du belvédère, désert à cette heure matinale.

Décidément, c'était vraiment un endroit magnifique.

Une table d'orientation permettait de se situer dans ce beau paysage. Le soleil venait de se lever et chassait la brume qui montait de la mer.

Derrière lui, la « Table Moutain» et devant la vue se prolongeait jusqu'au cap des Aiguilles, l'extrémité sud du continent. Il s'abandonna quelques moments à la contemplation de ce spectacle unique que lui offrait la nature et profita de l'instant présent.

Détendu, il redescendit les marches qui menaient au parking.

Il s'apprêtait à remonter dans son pick-up, quand il vit une grosse moto japonaise arriver lentement vers lui. Étonné, il se concentra pour tâcher de reconnaître quelqu'un de ses amis.

Le pilote et son passager casqués, s'arrêtèrent à trois mètres de lui.

Calmement, le passager tira de son blouson un 357 Magnum et lui cria avant de faire feu sur lui :

— De la part de Don Diego…

Il n'eut pas le temps de réaliser quoique ce soit qu'il ressentit une terrible douleur à la poitrine.

Il tomba d'abord à genoux puis s'écroula sur le sol.

Il revécu, dans un kaléidoscope accéléré, sa vie et sa dernière aventure qui se terminait dans un cadre grandiose. Il eut le temps de penser à Tania, son petit Paul, Sonia et à ses amis noyés dans l'océan, avant qu'un voile noir n'assombrisse définitivement sa conscience.

Les journaux parlèrent de crime crapuleux car les agressions étaient fréquentes au Cap. Seule Tania su que l'Organisation avait fini par les retrouver.

D'ailleurs quelques temps après, pendant des travaux de rénovation entrepris à la basse saison, mystérieusement, l'hôtel fut détruit par un incendie attribué à un court circuit.

Ses rêves de bonheur infini s'étaient effondrés en quelques jours.

Comme vingt ans avant, elle se retrouvait seule avec Paul, mais heureusement cette fois, Jack était là pour la soutenir.

FIN

TABLE DES CHAPITRES

ANNEXES

NOTES DE LECTURE

1. Soit environ 2500€.

2. FSB : nouveau nom du KGB après la Perestroïka - GRU : service de renseignement et de contre-espionnage militaire.

3. Bellona : organisation écologiste norvégienne sur les risques de pollution radioactive posés par les sous-marins atomiques russes de la flotte de la mer du Nord.

4. « La dernière escale » Anastasia Manstein-Chirinsk, Sud Éditions –Tunis

5. SSK : Sub Surface Kérosène (sous-marin diésel électrique)

6. SONAR (Sound Navigation And Ranging) : dispositif de détection des ondes sonores, soit passif très discret pour écouter, soit actif pour rechercher un contact mais qui trahit la présence du sous-marin.

7. GIUK gap : passage entre le Groenland (G), l'Islande (I) et l'Écosse (UK)

8. SOSUS (SOund SUrveillance System) est un réseau US d'hydrophones (ou sonars passifs) et d'antennes actives destiné à repérer les sous-marins et les navires.

PERSONNAGES PRINCIPAUX

- Serguëi Nikolaïevitch Klykov : Contre Amiral sous-marinier, Macha Stepanova : son épouse et Boris : leur fils

- Tatiana Serpilnova (Tania) : leur belle-fille, épouse de Boris et mère de Paul.

- Sonia Dejerina : Médecin, amie de Serguëi

- Kotia Chernavine : chauffeur et garde du corps de Serguëi

- Bixente et Carmen Betelcéguy : amis de Tatiana à Cuba.

Maffia Russe

- Oleg Fiodorovitch Alechine : Responsable à St Petersbourg et Ossip : Homme de main

Équipage du KALOUGA

- Dimitri Pavlovitch Molotchanov : second officier, Nikita Kalganov : officier mécanicien, Pavel Solomatine : 3ème officier, Pietr Maximov : maître de centrale Georg Sokolov et Pavel Andreïev : mécaniciens tableau central,Yuri Slavik : sonar, Laurenti Viktorov : radio

FSB à Cuba

- Vassili Borisevitch Grichine : agent

- Viktor Mioussov : le Chef de la « rezidentura »

Membres du Cartel de la drogue dans les Caraïbes et au Venezuela

- Don Diego : Parrain du cartel

- Mrs. Wesley et Antonio Ribeiro : responsables de la famille Klykov

- Lazaro Ortega : responsable de la cargaison

- Hommes de main : José, Miguel, Fernando

- Luis Mario Olivares : capitaine du pétrolier Ciudad Bolivar

Sous-marin VOLK

- Commandant Alexis Alexandrovitch Demidov

Cartel en Espagne

- Alejandro Laças : responsable pour l'Espagne

- Miguel, Salvador : hommes de main

- Tawfiq, Mustapha : hommes de main au Maroc

Police en ESPAGNE

- Commissaire Esperanza : Chef du GRECO (lutte anti-drogue)

REMERCIEMENTS

Je remercie tout particulièrement pour leur aide, pour les renseignements techniques qu'ils m'ont apportés et les conseils de rédaction qu'ils m'ont prodigués :

- M. Bernard Guillée, ingénieur spécialiste des transmissions (RADAR, SONAR)

- Les Capitaines de Vaisseau (ER) Michel Sczersnovicz et Bernard Bacholle, anciens commandants de sous-marins.

Merci également à tous mes amis : André, Michel, Pauline, Marie-Jo, Béatrice, Élisabeth, Monique, Françoise et aussi Daniel qui ont bien voulu me donner leurs conseils et relire le manuscrit.

Je dois beaucoup enfin à tous les concepteurs et les « webmasters » des sites dédiés aux sous-marins, à la Marine, à l'Armée Rouge, au trafic de la cocaïne etc. et à Google Earth...

René VISQUIS
AIX EN PROVENCE
Décembre 2018